ラブ×ドック

山﨑宇子

集英社文庫

目次

ラブ×ドック

プロローグ【Love×Doc】

嘘《うそ》くさい。

訪れたクリニックの診察室で、剛田飛鳥《ごうだあすか》は白い革張りのチェアに腰かけてから、おそらく二分に一度はこう呟《つぶや》いている。今のところは心の中で。

白い壁に薄いピンクの間接照明が施された診察室は、どことなく近未来的で宇宙船内を連想させる。ヒーリング音楽のBGMに、ぽこぽこぽこと水の湧き出る音が重なり、来院した者を癒そうとしているようだ。

ぽこぽこと水の湧く音は、ここで唯一のオブジェであるドーム型の水槽から聞こえてくる。なかでは朱色や赤白の金魚たちが、リボンのような尾びれを揺らしながら泳いでいる。まるで柔らかなドレスの裾をこれ見よがしにひらつかせ、すれ違うオスを引き付けてはかわして、優雅に恋を楽しんでいるかのような泳ぎ姿だ。金魚って、艶《つや》っぽい。

ここは、『ラブ×ドック』という恋愛クリニック。恋愛にまつわるデータを集め、分析し、研究しているクリニックだ。

恋愛クリニックというと、患者の恋愛相談にひたすら傾聴するタイプの心理カウンセリングを連想しがちだが、ここは違う。患者の遺伝子を分析し、遺伝子プログラムから恋愛体質を割り出すことで診断を行っている。医学的要素が強い、人間ドックならぬ、恋愛ドックなのである。

飛鳥は数日前の夜、風呂あがりに目じりの皺取《しわと》りパックをしながらネットサーフィンをしていて、ここの広告に目をとめた。

《遺伝子を知ることで本当の恋が始まる　ラブ×ドック》

怪しい！　と、ツッコみながらも、やはり宣伝文句にそそられたのだと思う。遺伝子といえば、犯罪から親子関係から、患《わずら》う可能性の高い疾患までも解明できる万能データバンクだ。かのアンジェリーナ・ジョリーだって、遺伝子から導き出されたデータをもとに、乳がんの予防手術に踏み切ったのではなかったか。

もしも遺伝子から、自分独自の恋愛データと攻略法が導き出せたら、そこらへんの占いとは比べものにならない信憑性《しんぴょうせい》があるはずだ。

剛田飛鳥、三十六歳、独身。気づいたら「予約」をクリックしていた。

そうして飛鳥の目の前では、院長の冬木玲子《ふゆきれいこ》と、冬木から「ミッキー」と呼ばれている助手の男が、さっきからクリニックの趣旨を説明している。飛鳥のすぐ横にあるモニターには、個人データが映しだされている。

氏名／剛田飛鳥
年齢／36歳
血液型／O型
職業／パティシエ

基本データのほかに遺伝子情報という項目があり、らせん構造や結合体らしきものが描かれている。これが自分の遺伝子だろうか。嘘くさい。が、気になる。

「怪しくてごめんなさいね」

心の呟きを察したのか、冬木がわざと余裕ありげな微笑を見せた。冬木の傍らに突っ立っている綺麗《きれい》な顔立ちをした助手のミッキーも、冬木とほとんど同じタイミングで口角をあげた。

冬木玲子は、いかにも恋愛上級者といった容姿をしている。三十代前半だろうか、胸まである髪を片側にたらし、もう片側の耳や首筋を引き立たせている。白衣の中はショッキングピンクのトップス。足元のヒールは八センチはあるだろう、歩くたびに床が痛がっているような高めの音を響かせている。

飛鳥には、冬木のような分かりやすい〈オンナ度〉はない。パティシエという職業柄、髪は常にひっつめているし、スカートよりもパンツ派だ。今日だって黄色のブラウスにデニムである。とはいえ、飛鳥はオシャレは好きだ。ひっつめ髪にはスカーフで華やかさを足し、フェイスラインがすっきりする分、揺れるピアスはデザイン性の高いもので遊んでいる。ビビッドな色合わせにもトライするし、旬のアイテムも取り入れる。最近はサッシュベルトが気に入っている。

そもそもお色気やぶりっ子の類《たぐい》は、自分には似合わないと自覚している。幼いころから、ままごとよりも泥んこ遊びが好きだった。男の子と相撲もとったしプロレスもした。おかげで「ライオネス飛鳥」というあだ名をつけられた、消し去りたい過去もある。根がガテン系なのだ。だから分かりやすくフェミニンにしようとすると、自分にツッコむ客観的な自分が顔を出し、こっぱずかしくなってしまうのだ。

あ！　と、飛鳥は合点がいった。そうだ、冬木が着ているピンクと白衣の組み合わせが、どこぞの美容皮膚科の広告塔の女医みたいで嘘くささを助長している。そういえば、「ミッキー」と呼ばれている助手の男の服は、むかし映画かテレビで観た、宇宙船にいる人の服に似ているではないか。サンダーバード？　２００１年宇宙の旅？　スター・ウォーズだっけ？　いや銀河鉄道９９９だったかも！

嘘くささの謎が少し解けた気がして達成感をかみしめると、冬木が腕を組み、上から目線で聞き覚えのない単語を投げてきた。

「ジョホルガオ」

「じょ、じょほるがお？」

「そう、女ホル顔。あなた、恋に振り回されそうな顔してる！」

女ホル顔？

そんなものがこの世にあるとは。

聞けば、「女ホル顔」とは冬木が考案した造語であり、女性ホルモンが活発になりすぎていることがうかがえる人相ということらしい。

女性ホルモンといえば、エストロゲンだ。エストロゲンは、肌や髪を艶やかにしたりウエストのくびれを作ったりと、女性らしさを底上げする働きがあると、ネットか雑誌で読んだことがある。しかし、冬木のいう「女ホル」は、エストロゲンだけを指すのではない。フェニルエチルアミンやドーパミンといった、女性が恋をするときに体内で放出される多種多様なホルモンを総称して、「女ホル」と命名したという。

それらは良い効果ももたらすが、制御できないと面倒なことにもなるというのが冬木の持論だ。過ぎたるは及ばざるがごとし、ということらしい。

「あなたに送っていただいた髪の毛から遺伝子を分析。恋愛体質を調べたの」

デジタル画面に、飛鳥の〈女ホル〉が映し出された。

ピンクの粒が、ぷるぷるしながら、ウヨウヨしている。

「これは、抑制できていた時の女性ホルモン。そして今の状態がこちら」

ピンクの粒が、ぶるぶるしながら、ゴツゴツぶつかり合っている。

なんだか、激しすぎて怖い。

「あなたは今まで小器用に計算して生きてきたことから本能を抑制してきた」

え？

「それが三十代後半の失恋により、本能を抑制できなくなる」

えっ？

「これからは今までのような計算は効かなくなるわ」

えーっ？　計算が効かない!?　嘘だ、嘘に決まってる！

飛鳥は心のなかで毒づきながら、心臓が一まわり縮むような緊張を覚えた。

そしてその縮んだ心臓が、必要以上に大きな鼓動を立てはじめたことも感じた。本当のことをいえば、ここへ来たのは、恋に翻弄されたからにほかならないのだ。実をいうと、十日前に飛鳥は失恋したのである。

＊

山《やま》根《ね》龍一《りゅういち》との交際では、飛鳥は常に優位に立っていたはずだった。

龍一はベンチャー企業を経営している四歳年上の実業家で、いわゆるＩＴ系の男。浅黒く日焼けした肌に、第二、いや第三ボタンまでシャツの襟元を開き、靴下は履かない主義。サングラスを目より頭にしていることが多いと知ったときは、親友の細《ほそ》井《い》千種《ちぐさ》はぷっと吹き出していたが、飛鳥はさほど気にしなかった。

なぜなら、彼はＩＴベンチャーの起業家だから。

だから龍一が話すときに、しばしば英語を挟むことも気にしない。帰国子女でもないのにどうして？　とは思わない。むしろ感化されていた。

飛鳥がこの恋において優位であると感じていたのには、根拠がある。

一年前に、龍一からすでにプロポーズを受けていたのだ。当時の飛鳥は、はっきりと返事をしなかった。イエスともノーとも言えずにいたのは、彼の手掛ける事業が成功するのかどうか、まだ分からなかったからだ。実業家は、成功すれば素晴らしいが、失敗すれば悲惨である。飛鳥は計算したのである。結婚を決めるのは、事業が軌道に乗ってからにしよう、と。

そんな飛鳥の胸の内を知ってか知らずか、龍一の会社はこの一年で飛躍的に成長し、軌道に乗った。これなら結婚しても大丈夫。安泰な未来が見えた。

飛鳥は決めた。龍一と結婚しよう。

ついてはもう一度、プロポーズをしていただきたい。再プロポーズを引き出すために考えた作戦は、思いのほかベタだった。

彼に手料理をふるまうこと。今まで一度もしたことがなかった家庭的なアピールというものをしてみよう。そうすれば、彼は感動し、きっとこう言う。

「君にこんな家庭的な一面があったなんて、ますます惚《ほ》れたよ。こんな日が普通だったらいいのに。もう待てない。今すぐ俺と結婚してくれ！」

そんな計算にのっとり、飛鳥は龍一のマンションで手料理を作った。和食か中華かフレンチかと迷ったが、程よいカジュアルさと彩りの良さ、プロポーズを受けた後にシャンパンで乾杯することも考えて、イタリアンに決めた。

ところで、パティシエは料理も得意だと思われがちだが、そうでもないと世界中の人々に言いたい。菓子職人と料理人では、使う食材も、技術も、筋肉も違う。だからその日は、かなり頑張って作ったのだ。知り合いのイタリアンシェフからレシピを教わり、おかげで目にも舌にも美味《おい》しいものが出来上がったという自信はあった。

あとは龍一の帰宅を待つだけだ。タワーマンションの三十二階から見える夜景がまばゆい。眼下のきらめきが自分へのエールのように感じられた。

「ワオ、すごいじゃないか、この料理。どうしたの、ホワイ！」

帰ってきた龍一は、ダイニングに入るなり目を見張った。計算通りだ。

「なにが？」

「家で料理を作って待ってるなんてファーストタイム、初めてじゃないか」

かなり感動してくれている。計算通りだ！

「最近、龍一、大変そうだしさ。こういう、普通？　を感じてほしくてさ」

「ちょ、これ普通？」

「いや今は違うけど。これが、普通になるじゃん？」

そうでしょう、結婚したら普通になるでしょう。さあ来い、プロポーズ来いっ！

飛鳥はただ、その時を待った。

しかし、待てど暮らせど聞こえてこない。うんともすんとも。

飛鳥が龍一のほうを見ると、室内をうろちょろして何かを探しているではないか。

こんな大事なタイミングで探し物とは。もう、もう、もう！

「ねぇ。ここに置いてあった資料はどうした？」

「まとめといた」

掃除もしておきましたよ、というふうに、飛鳥はしおらしく資料の山を指さした。

「シット！」

え。シット？

「もうさ、勝手にこういうことしないでくんねぇかな」

耳を疑ったが、明らかに形勢不利な空気が室内を塗り替えていく。

まずい、どうする？　しかしここは三十六歳。それなりに人生経験を積んできた。落ち着き払って言ってみる。

「あのさ、去年プロポーズしてくれた時は、ちゃんと返事できなかったけどさ。あのときの返事、今するね。結婚、してもいいよ」

「俺は困るな」

ザッパーン！　壁に飾られたラッセンもどきの絵画のイルカまでもが、ビックリして飛び跳ねた、ような気がした。

「今はね、結婚なんかしてる場合じゃないって気づいた、うん」

うんって、納得すんなよ、おいっ。完全にピンチだ。しかし待てよ、ピンチはチャンスという言葉がある。これはむしろチャンスなのか？

「じゃあさ、仕事と私、どっちか取らなきゃいけないとしたら、どっち取るの？」

「仕事！」

ザザザッパーン！　ピンチは、ただピンチであった。

＊

「ねぇ。あたしが幾つか分かる？」

龍一との恋の終焉《しゅうえん》を思い出して打ちひしがれていると、冬木がぬっと顔を近づけてきて挑戦的な口調で言う。

「え？」

「どうぞ気を遣わず」

「三十、前半、中盤……三十五くらい？」

気を遣わずと言われたので、飛鳥は遠慮せずに答えてみた。いや、正直いえば三十代前半に見えたのだが、上乗せして言ってやった。

「ミッキー、あたし、いくつだっけ？」

「今年、六十五歳です」

「ロクゴーの私がどうしてサンゴーに見えるか分かる？　ミッキー？」

「恋、してるからです」
ロ、ロ、ロクゴー⁉
唖然《あぜん》としている飛鳥に、冬木が白くて四角い布を差し出す。

「恋に振り回されがちなあなたに、今日は良いものを紹介するわ。医学的根拠のある商品よ。これ、マスク」

冬木から受け取り、ミッキーが装着したそれは、ＬＤ（Ｌｏｖｅ×Ｄｏｃ）のロゴが、ご丁寧に大きく印字されているマスクであった。

「悪い恋愛菌を防いでくれるマスクなの。すごーく効果があるし、オシャレだし、これつけたまま合コンにだって行けちゃうわよ」

「十個で三万円です」マスクをつけたまま、ミッキーがくぐもった声で言う。

「十個三万⁉　超嘘くさいっ！」

飛鳥は心の叫びをようやく口に出し、立ちあがった。そして冬木に負けないくらい床を強く鳴らしながら、「帰ります！」と診察室をあとにした。

ビルを出ると、夏の終わりを惜しむような強い日差しが飛鳥の頬に照り付けた。

その眩《まぶ》しさに一瞬、くらりとする。この眩暈《めまい》は、薄暗い室内から眩しい外へ出たせいだろうか、それとも心理的ダメージを受けたせいだろうか。そんな問いが頭をよぎったが、深くは考えないことにした。次の瞬間、誰かが肩にぶつかった。

「ごめんなさい」

とっさに飛鳥が謝ると、ぶつかったのは七三分けの髪型の地味なスーツを着た中年男で、「あの……ここの恋愛クリニックに行きました？」と聞いてきた。

「行ってません。絶対に！」

飛鳥は中年男に顔をそむけて歩き出した。

今日のことは忘れよう。もうここに来ることはないのだから。

気を取り直し、飛鳥は足早にビルを離れた。

第一章

【カルテ1／36歳・ジンジャーな恋】

1

親友は一人いれば御《おん》の字《じ》だと飛鳥は思う。

二十代までは傍目《はため》にも友達が多い方だったが、三十代を進むにつれて、生涯付き合っていく友人の数はそう多くはないと気がついた。それは淋《さび》しさを伴うものではなかった。思春期の頃からうっすらと感じていたことを、やっぱりそういうことだよね、と確認したような感覚。人と深く関わるエネルギーや時間は、そう何人もに費やせるほど多くないという物理的な結論にたどりついた感じだ。

そういう意味でも、細井千種は、飛鳥にとってただ一人の親友だ。

今や人気グルメブロガーとなった千種との出会いは、大学に入った初日だった。入学式を終えた後のサークル勧誘の場にいあわせたのだ。

そのときのことを飛鳥はよく覚えている。テニスサークルに勧誘されていたときだ。千種がいきなり「テニスっていうか、あれですよね、出会い系のお遊び会ってことですよね？」と、まっすぐに主宰者に尋ねたのだ。その尋ね方が、嫌味や皮肉を含まないあまりにフラットなものだったので、聞かれた人も周りの人も、「そうそう、そういうことだよ」と朗らかに笑っていた。

飛鳥はそのとき、「この子と友達になるかもしれない」と直感した。千種という人が、信じられる人間としてストンと入ってきた感じがした。

二人は結局、テニスサークルには入らずに劇団に入り、泥臭く汗を流した。あの頃と比べると千種はかなり垢抜《あかぬ》けたが、今も飾らず、基本的には本音しか口にしない。だからこそ気楽に言い合えるし、一緒にいると安心する。

「待ちすぎて生まれるかと思いましたー」

待ち合わせに遅れた飛鳥に、千種がスイカが丸ごと入ったようなお腹《なか》をさすりながら冗談を言う。妊娠九カ月。ニットワンピを着ているせいか、一カ月前に会ったときより随分とお腹がせり出したように見える。お腹の中には、すくすくと育っている女の子がいる。

千種はこの子を一人で育てると決めている。半年前に、お腹の子の父親は千種のマンションから出て行ったまま、行方知れずになっている。長年同棲《どうせい》していたその男はバーで知り合ったラッパーだったが、千種が妊娠を報告してからしばらくしたある日、姿を消した。しかも千種から、けっこうな金額を借りたまま。

それでも千種は、「あたし、この人生気に入ってっから」とあっさり言う。

泣くだけ泣いて悩むだけ悩んで、吹っ切れたらしい。いや、本当は吹っ切れてなどいないのかもしれない。ただ毎日少しずつ大きくなり、何がなんでも生まれてこようとする新しい命を体の内から感じていると、女というのは否が応でも前を向くしかなくなるのかもしれない。

「えー、何にしようかな」

「いつものでしょ」

「はーい」

「すいませーん。ジンジャーティー、蜂蜜入りで二つ！」

数あるメニューから、二人とも「ジンジャーティー蜂蜜入り」をオーダーした。最近はジンジャーティーが二人の定番ドリンクになっている。冷えは大敵。体を温めてくれるジンジャーは女の味方だ。

ここ、『ズーアドベンチャーズカフェ』は、最近人気のアトラクションカフェだ。アトラクションカフェというのは、「ゲームやアトラクションを楽しむようにお茶しよう！」というコンセプトの新感覚カフェ。ここでは、動物園を楽しむようにというコンセプトに沿って動物の森よろしく、等身大の動物のオブジェがところどころに置かれている。壁にはボルダリングスペースあり、奥にはスポーツジムありと、ごちゃまぜでいろんなことが楽しめる。

グルメブロガーという仕事柄、千種は新規のカフェやレストランに常にアンテナを張っている。このカフェも千種のセレクト。千種は今日、ここのジムでマタニティヨガを体験する予約も入れたという。

飛鳥が龍一と別れてから二カ月が経《た》つ。まだまだ落ち込んでいるだろうと千種は心配してくれたが、思いのほか立ち直っていて肩透かしをくらったようだ。

「てか、元気じゃん。なんかいいことあった？」

「それがさ、龍一と別れてから仕事運がツイてきた気がすんだよね」

勢いあまってシマウマに絞め技をかけると、千種にさすがにたしなめられた。千種が座った席のすぐ後ろにはゴリラがいる。飛鳥はなんとなしにウサギの近くに腰を下ろし、辛みが効いていそうなジンジャーティーを一口飲んだ。

飛鳥が勤めているパティスリー『シンフォニスト』は、人気パティシエの淡井《あわい》淳治《じゅんじ》が手掛けている高級洋菓子店だ。代官山《だいかんやま》の一等地にあるこの店は、価格設定が高めというのに訪れる客はあとを絶たない。

店の人気を支えているのは、もちろん淡井が考案するスイーツなのだが、ダンディーな淡井のファンを公言する女性客も少なからずいる。じっさい淡井は、コックコートを着ない日は、イタリア系のブランドスーツをこなれた感じで着こなしている。キザが似合う、洗練されている五十五歳なのである。

そしてもう一つの人気は、店のガーリーな外観とインテリアだ。「持ち帰るよりお店で食べたい！」「お部屋も盛り付けもかわいい！」「お姫様気分でスイーツを味わえる」「アリスのお茶会に招かれた気分」「アメリっぽい！」等々の評判がSNSで広がり、インスタ映えを狙う女子も近ごろ多く来店する。

厨房《ちゆうぼう》では、総勢十五名のパティシエがしのぎを削っている。

飛鳥が『シンフォニスト』に就職したのは、一にも二にも、淡井の作るロマンチックなお菓子に魅《み》せられたからに他ならない。こんなスイーツを作れるようになりたいと、専門学校を卒業した後、一年間のフランス修業を経て門をたたいた。

あれから十年。いよいよチャンスが巡ってきたような気がしている。

昨日、淡井が朝礼時に、「来年、『シンフォニスト』をもう一店舗オープンすることになった」と、発表したのだ。

「場所は自由《じゆう》が丘《おか》だ。オーナーは私だが、この中の誰かにチーフを任せ、店全体のプロデュースもやってもらう」

この「やってもらう」のときに、ちょうど淡井と目が合った気がした。

「この話、絶対、私に来ると思うんだよね。私、テレビで特集されてから取材も増えちゃってるし。あの番組のおかげで私の店での価値もさらに上がったし！」

「あぁあのテレビ。見たよ、見た」

飛鳥は先日、淡井淳治の店『シンフォニスト』で奮闘しているパティシエとして、ドキュメンタリー番組で紹介された。その内容を淡井は面白がってくれたようで、それ以降、取材依頼があると飛鳥に声がかかることが増えている。店のいい宣伝にもなっていると淡井は喜んでくれている。

「それにしてもさ、テレビでよくぞあんなふうに嘘《うそ》ばっかり言えたよね」

「どこが嘘ばっかよ」

「飛鳥の写真がスライドで流れて、ナレーションがかぶるとこ！」

千種が指摘しているくだりは、こうである。
三、二、一、キュー！

大学時代、劇団時代、新社会人時代と、飛鳥の奇跡のスナップ写真を集めたスライド映像に、飛鳥のプロフィールを紹介するナレーション（N）がかぶる。

N「剛田飛鳥は、高校卒業後、大学に入り、そこでミスコンを獲得。大学時代にモデルにもスカウトされたが、芝居に魅せられ劇団に所属。女優として芸能プロから声がかかったにもかかわらず、大学を卒業後、彼女はなんとパティシエに！」

そこで画面は、飛鳥へのインタビューに切り替わる。

番組D「なぜ女優になるチャンスを捨てて、パティシエの道を選んだのですか？」

飛鳥「そうですね、あるとき夢に出てきたんです。スイーツの神が！」

金色の筆文字で、「スイーツの神、降臨！」のテロップ。

飛鳥、カメラ目線でキメッキメの笑顔。

「あー、あそこね、あそこのどの辺が嘘なわけ？」

とぼけると、それじゃ言わせていただこうと千種が前のめりに座り直した。

「ミスコン獲得とかいうけど、わざわざミスコン取るために、一番美人が少ない大学を調べて入ったくせに。劇団に入ったのだってそう。看板女優になりたいからって、一番美人が少ない劇団探して入ったくせに。つまりそれって、『大会で優勝しました！　ただし出場者は一人でしたけど！』ってことじゃん？　その場合、『出場者は一人でしたけど』まで言わないと嘘になるっしょ？」

飛鳥は、あーらそうでしたっけ、とでもいうようにすましてお茶を飲み続ける。

「だけどあんたがすごいのは、あそこでパティシエを狙った、その計算！」

「だって、スイーツの神が降りてきたから」

「女優やモデルの世界じゃ到底無理。でも女の頭数が少ないパティシエ界でなら美人って言われるだろうというその計算がすごい。しかも計算通り、美人パティシエ枠で取材受けるチャンスを手にしちゃってんだから、本当すごいよ」

半分感心、半分呆《あき》れたように千種が大きめのため息をついた。

千種と話していると、誉《ほ》められているのかけなされているのか分からなくなるときがある。それを以前、千種に伝えたら「そうなんだよね、ほんとそう！」と妙に納得されて、こう打ち明けられた。

「あたしもね、こんなに計算高い飛鳥を憎めないのはどうしてだろうって考えてみたわけさ。それで分かったのは、飛鳥には自惚《うぬぼ》れがないってこと。自惚れてないから低めの土俵を探して立つ。本業の腕を磨く努力は怠らない。つまり飛鳥は意外なことに、自己評価が低いんだよ。分相応をわきまえた野心家。だから結局、応援したくなっちゃうんだなー」

　その分析こそ誉められているのかけなされているのか分からないものだったが、さすが千種だ、どこか本質を言い当てられた感じはした。そういうわけで今日のこれも、説教ではなく応援の一環ということにしておこう。

　飛鳥がそんなことを考えているとき、千種にはある心配がよぎっていた。

　男と別れて仕事に精を出すのはいいことだ。とはいえ三十六歳。四捨五入すれば四十歳である。今回の失恋が尾を引き、恋から逃げるように仕事だけに没頭しては、あっという間に四十代がやってくる……。

「あのさ、仕事もいいけど、恋愛の仕方を変えてみるっていうのも大事だと思うよ」

「なぜに、ホワイ？」

　いまだ龍一の影響が抜け切れていない飛鳥である。

「三十代後半になったら、今までの計算が効かなくなることもあると思うし」

「……計算が効かない？」

「うん、あると思うよ、今までのような計算が効かなくなること」

「……普通の人はね」

一拍も二拍も遅れた間《ま》で、平静を装いなんとか答えた。

「いや、じっさいフラれてんじゃん。今までと違うって感じてるっしょ」

「フラれてません、合意のもとで別れましたー」

「いや、あれフラれたっていうんですー」

「フラれてないですから、私が振ったんですから」

「もうもうもう、はいそうですね、はーいはいはい」

とりあえず千種を言い負かしたが、飛鳥はまた、心臓が一回り縮むような感じがしている。あのときと同じく。そう、あのとき。

「これからは今までのような計算は効かなくなるわ」

『ラブ×ドック』で女医の冬木から同じことを言われた、あのときだ。

ぼんやりとする飛鳥を、千種が「どした、大丈夫？」と覗《のぞ》き込んだ。

「そんなこと、ナッシーング！」

不安の呪縛を振り払うようにおどけて言い放ち、飛鳥はカップに残っていたジンジャーティーを飲みほした。辛さが喉にきてカッカとした。

「あ、もう時間じゃん。行かなきゃだよ？」

マタニティヨガの時間がきたのをいいことに、話題を切り上げた。


カフェの奥にあるジム『BONE　アイデンティティ』は、トレーナーが皆、整体師の免許を持っているという整体ジムだ。赤いタンクトップがトレーナーのユニフォーム。Tシャツではなく、タンクトップ。スポーツジムには、格闘系やマシーンに特化したジムなどいろいろあるが、ここは整体を売りにしているだけあって、体幹を鍛えるメニューが充実しているらしい。

マタニティヨガのスタジオに、臨月間近の妊婦たちがぞろぞろと入っていく。飛鳥は、妊婦という存在がわりと好きだ。若い頃は、電車などで見かけると、正直、少し野暮ったい印象を持ったこともあった。だが、これも三十代になり変わった。素晴らしくて美しいと自然と捉えるようになったから不思議だ。

千種の後ろにくっついて、見学がてら飛鳥もスタジオに入っていく。

「よろしくお願いします。トレーナー兼、整体師の野村《のむら》です」

スタジオの入り口で声をかけてきたトレーナーの野村俊介《しゅんすけ》は、厚い胸板の、甘い顔をしたいい男だ。おまけに声がすごく良い。

「あの、私の友達が一緒に見たいって。連れて来ちゃいま……」

「どうもー。剛田飛鳥といいます」

千種が言い終えないうちにさっさと自己紹介をすませ、飛鳥はちょいちょいと千種を引っ張って耳打ちする。

「ちょっとちょっと！　いい男じゃない？　付き合っちゃえばいいんじゃないの？」

「何言ってんの、人のことじゃなくて自分の心配しなさい」

さっきの仕返しとでもいわんばかりに千種をつついていると、野村から熱い視線を感じた。じっとりと、上から下まで見つめてくる。

何よ、あたしのことじっと見て。

うっそ、あたしに興味あったりして？

すると野村は、甘い顔をさらに甘くし、テノールバスの甘い声で言った。

「剛田さん、けっこう骨盤ズレてますね」

「は！」

女ホルの次は骨盤かーい！

勘弁してよと憤慨したが、整体師の見たてだ、本当にズレているのだろう。女ホル分泌もズレ、骨盤もズレ、そうして人生の計算もズレていく……？　さっき力技で吹き飛ばしたはずの不安の波が、大きくなって戻ってきた。

その後の一時間、飛鳥は妊婦たちの邪魔にならないようにと気をつけながら、スタジオの鏡に自分を映し、自己流で骨盤の位置を正した。

2

パティシエの朝は早い。

たとえば飛鳥の一日はこうだ。朝は六時に目覚ましのアラームを鳴らし、観葉植物に水をあげてからガッツリめの朝食をとる。そして七時半に店に着くように出勤する。開店時間の十時にはショーケースに商品を並べなければいけないからだ。そこからシフトによっては二十時頃まで働くのだから、けっこうな長時間労働である。

パティシエという仕事は、今でこそ憧れの職業ランキングの上位に入るが、実は体力勝負の面も多く、体を壊して辞めていく女性パティシエは少なくない。

そんななかで、腰が痛かろうが火傷《やけど》を負おうが、へこたれずに十年間頑張ってきた。

そのかいあって、飛鳥はここのところ仕事が楽しい。

ただ一人、この楽しさにケチをつけてくる奴《やつ》がいる。

同期の大木《おおき》だ。大木は男性パティシエだが女子力が高く、その繊細な感性は淡井からも高く評価されている。正直、飛鳥にとって大木のそれは少々尖《とが》りすぎているように感じるが、もちろんそれを面と向かって伝えたことはない。

大木とは同期だが、細かくいえば入社時期は大木のほうが二カ月早い。大木は高校を卒業してからすぐに専門学校で学び、パティシエになった。四大を出てから専門学校へ入り直した飛鳥と比べると、キャリアはずっと先輩である。なのに大木は飛鳥に敬語を使ってくる。「敬語は止《や》めてくださいよ」と、何度か言ったが、「でも年齢だと剛田さんのほうが上だしぃ」と嬉《うれ》しそうに返してきたので、放っておくことにした。二歳しか違わないのに。

入社以来、そんな大木は、ことあるごとに飛鳥を敵対視してきたが、自由が丘店のチーフ選抜の話が出てから余計に嫉妬の炎を燃やしている。

今日も、飛鳥がアプリコットゼリーに砂糖をまぶし、焼きあがったマンゴーケーキに手際よくクリームを載せていると、大木がおもむろに近づいてきた。

「もしかして、最近自分の露出が多いから自分がやるって思ってません？」

「思ってないけど」

ふふん、と鼻で笑い、大木はゆっくり立ち去っていく。

鼻で笑うってどういうわけだ。カチンときたが、大木のそういう攻撃には慣れているので馬耳東風を決め込んだ。それにしてもウザい男だ。

大木の背中を一瞥《いちべつ》すると、大木が「あ、」と思い出したように振り返り、

「あのー、チーフゲットするために色仕掛けとか禁止ですよぉ」

と上目遣いで、飾り付け用の桃の切れ端をつまみ食いしながらねっとりと言った。

くぎを刺したつもりだろうか。くっだらない。

しかし、こうなったら……！

かえって飛鳥の闘志に火がついた。

色仕掛けなどするものか。実力を、がっつりアピールしようじゃないか！

ふだんの働きぶりに上乗せして能力を売り込むなら、新店舗に向けたレシピの企画を出すことだろう。そう考えた飛鳥は、仕事を終えてから店に居残り、新しいレシピを考えてみることにした。

自由が丘は、パティスリーやブラッスリーの激戦区だ。おしゃれで人気の高い街だが、

代官山に比べるとアットホームな雰囲気もある。そんな自由が丘に似合うレシピを、あでもないこうでもないと考えるのは、とても楽しい。

時間が経つのを忘れて考えていると、扉が開き、淡井が厨房に入ってきた。

「淡井さん⁉」

「なんだ飛鳥、えー、まだ残ってるのか？」

「はい。新しいメニュー、考えておきたくて」

来た、来た、来た！　実をいうと、ここにいたら淡井が来ると思っていたのだ。だからあえて家ではなく、店で新メニューを考えていたのだ。計算ビンゴ！

淡井は飛鳥の隣に腰を下ろし、レシピをちらりと覗いて言う。

「最近、飛鳥の作るもの、さらに磨きがかかったね」

「え？」

「前の恋が終わって仕事に身が入ったとか？」

どうして分かるのだろう。以前から思っていたことだが、優れたボスというのはこういうことにも、とても鋭い。淡井も然《しか》りで、プライベートを打ち明けるような親しい関係ではないのに、なぜか見抜かれてしまっている。

「なんで分かるんですか」

「正直、ドキドキしてたんだ。飛鳥が結婚したらどうしようって」

「え？」

「結婚して、才能ある人に辞められたら困るからね」

才能ある人って！　いま言った！

努力や度胸を誉められたことは何度かあるが、才能を誉められたのは初めてだ。「またた、私くらいの人は他にもたくさんいますよ」

恐縮して下を向いた飛鳥に、さぁ自信をもって顔を上げてごらん、大丈夫だから、とでもいうふうに、淡井は温かく言う。

「仕事できる奴は、たいてい自分の才能に気づいてないもんだ」

淡井には厳しい人というイメージがあった。カリスマで、昔ながらの職人気質《かたぎ》もあり、一切の妥協を許さないイメージ。そんな淡井が、こんなに優しいまなざしをするとは。

そんなことをぼんやりと思っていると、淡井が言った。

「次の店、ほぼほぼ飛鳥に任せようと思ってる」
キ、キ、キターーーーーーーッ！
嬉しすぎて、思わず淡井をハグしたくなったが、もちろん抑えた。

ガッツポーズをして「イエス！　イエス！」と叫びたくなったが、それも抑えた。なぜならまだ、「ほぼほぼ」だから。ここで油断してはいけない。

飛鳥はただ、「ありがとうございます」と控えめに言い、もっとクオリティの高い新レシピを考えなくてはと気合いを入れ直した。

その日から飛鳥はときどき、淡井と二人で新レシピの作戦会議を開いている。仕事終わりの調理場で淡井を待つようになってから三度目の夜に、「いいアイデアを生み出すなら、リラックスすることも大事だ」と、淡井が赤ワインを出してくれたのがきっかけで、気づけばこの会議は、いつもワイングラス片手に行うカジュアルなものとなっている。

一日働き通した体にワインを注ぐと、心も体も軽やかにほぐれていくのを感じる。そんな解放感のなかで淡井と語り合うのは、思った以上に飛鳥をリラックスさせ饒舌《じょうぜつ》にさせた。新レシピの相談だけでなく、淡井の修業時代の話や、世界各国を旅して食した珍しい食材の話などで盛り上がることも多い。

そんな時間を淡井も楽しんでいた。従業員がやる気を出しているのは嬉しいことだ。店を任せられるほど立派に育ってくれれば、もっと嬉しい。それに飛鳥には見込みがあるように感じる。なによりも、ガッツがある。

「あ。おもしろいかも、これ」

試作したチーズタルトを一口食べて、飛鳥は思わず独り言をこぼした。

ここ一カ月で書き溜《た》めたレシピのなかで、これはと思うものを作ってみた。ワインに合う大人向けのチーズタルト。青カビ系のチーズを敢《あ》えて使い、蜂蜜をかけていただくレシピだ。フランス料理のフルコースの最後にデザートチーズを味わうような、優雅で欲張りで大人なひと時をイメージした。万人受けはしないと思うが面白いデザートが出来た気がする。ただ、見た目が地味か？

あれこれ独り言を言いながら、早く淡井に試食してもらいたくなる。

今日は淡井は来ないのだろうか、もう二十一時だ。あきらめて片付けはじめると、調理場の扉が開いた。来てくれた。

「淡井さん、お疲れさまです」

「お疲れ」

淡井の様子が、いつもと少しだけ違う気がする。疲れているのだろうか。

「淡井さんが作ってみたらって言ってくれたチーズタルト、試作してみました。よかったら感想を頂けませんか。合いそうなワイン、持参したんで！」

そういう飛鳥に、淡井は「ちゃんとした良いワインなんだろうなー」とからかうように言い、早速、タルトを一匙《ひとさじ》すくい口に入れた。

「あ。おもしろいかも、これ」

さっきの飛鳥と全く同じフレーズで、飛鳥は思わず吹き出した。

淡井は、「なんだよ、何がおかしいんだよ」と言いながら、飛鳥につられて笑顔を見せた。よかった、淡井さんが笑顔になった、と飛鳥は思った。そこからはいつもの淡井に様子が戻り、チーズの種類や改善点を親身にアドバイスしてくれた。

いつもより真剣に話し合ってしまい、時計は二十二時を過ぎている。

「もうこんな時間だし、そろそろ。じゃあ、今日も有難うございました」

飛鳥が切り上げようとしたとき、淡井が珍しく引き止めた。

「もう一分だけもらっていいかな」

こんなことは、今までにないことだ。

「今から一分だけ、男として格好悪い弱音を吐いてもいいかな」

「……弱音？」

「妻がね、ホストにハマってるんだ……」

「え？」

「うん。俺のせいなんだ」

「……え？」

「忙しい俺が、そばにいてやれなくて淋しい思いをさせてたからなんだ」

何をどう返せばいいのだろう。目の前の淡井がいつもと違う。カリスマであり師でありオーナーである淡井が、今は、ただの一人の男になっている。それを妙に色っぽいと感じてしまうのはおかしいだろうか。

今まで男として見ていなかった人のことを、急に男として感じてしまう。それは権力のある人が、自分の弱みを私にだけ見せたとき。それが、今だ。

「君は自分のパティシエの才能に気づいてない」

淡井が真剣なまなざしで、飛鳥に少し近づいて言う。

「またそれですか」

「俺は君の才能に惚れたんだ」

「やめてくださいって」

女だって仕事を誉められるのは弱い。これ以上、淡井に男を感じてしまえば、飲んだワインのせいにできないくらい胸が高鳴ってしまいそうだ。

「ただ一つだけ困ったことがあるんだ」

飛鳥は、少し近づいてしまった淡井の顔を見上げた。

「才能に惚れたら、君に惚れてた」

淡井の迷いのない瞳に、囁《ささや》かれた渋い声に、飛鳥は自分が溶けてしまうような感じがした。しかし溶けてしまってはいけない。絶対に。

淡井さんは妻帯者だ——。

顔をそらし離れようとしたが、淡井がそれを許さなかった。飛鳥の手をとり、熱い視線を注いでくる。

「もう一分だけいいかな。男としての本音を言える一分」

淡井は飛鳥の手を放して冷蔵庫の方へ行った。冷蔵庫から明日のために仕込んである生クリームのボウルを取り出して、白くとろりとした泡を指ですくう。そしてそのクリームを、飛鳥の頬にちょん、とつけた。

「ここが、俺がキスしたいところ」

「何、言ってんですか」

と言い終えたかどうか、淡井の唇が飛鳥の頬に優しく触れた。

ダメだ、もう抗《あらが》えない……。

飛鳥は心のなかで、負けを認めた。

ロマンチックな行動とイタい行動は、薄皮一枚なのだと思う。男に迷いとブレがないと、本来ならありえないイタい行動も、周りから見たら笑ってしまうようなキザな行動も、とてつもなくロマンチックに思えてしまう。そしてそんな行動にいとも簡単に女は溶かされ、魔法にかかってしまうのだ。

「淡井さん、ズルいです」

「何がズルいんだ」

もう完全に淡井の勝ちだ。飛鳥は、せめてもの仕返しに淡井に生クリームをつけ返した。飛鳥がキスしたいところ、くちびるに。そしてその甘いクリームを味わうように、自分から重ねた。さっきより熱を感じるロマンチックで官能的なキス。

そのキスの後、淡井は言った。

「才能のあるパティシエはみんなロマンチストだ。君には才能がある。新しい店のチーフは……君で決まりだ」

3

淡井とそういう関係になってからというもの、飛鳥は極力、職場での言動に気をつけている。何が何でもバレてはいけない。特に、あの大木にだけは。

大木は体育会系の見た目に反して女子力が高く、そういうことにやたらと鼻が利くので気をつけねばならない。だいたい大木の休憩時間の話題といえば、芸能ゴシップネタである。しかも最近は芸能人の不倫ネタにやたら反応していて、単なる野次馬としてSNSで当事者をバッシングすることに熱意を燃やしているらしい。恐ろしい奴だ。

淡井によると、新店舗のチーフの正式発表は数カ月後にするそうだ。もしもその前に淡井との関係が知れ渡るようなことがあれば、実力で勝ち取ったチーフの座が、色仕掛けだと勘違いされてしまう。

それに、そもそも、不倫はいけない。

そんなことは、分かり切っていることだ。

心がけることは、淡井との距離感を変えないこと。今までより一ミリでも親密さを醸し出してはいけない。逆に不自然に避ける態度をとるのもいけない。

嘘が下手《へた》な飛鳥にとって、これらのことは難題に思えたが、それなりに大人になったのだろうか、上手に芝居できている気がする。新店舗の準備で淡井が店にいる時間が減っていることも幸いしているかもしれない。

飛鳥が淡井とゆったりと時間を過ごせるのがシティホテルだ。淡井は各地の調理士専門学校に講師として招かれることもあり、出張の前夜は、都内のシティホテルを利用する。そこで食事をし、少しだけお酒を飲み、愛を交わすのがお決まりの流れだ。

淡井が飛鳥のマンションへ来たいと言ったことはないし、飛鳥もホテルで過ごす方が淡井の家庭の匂いのようなものを感じることがなく気が楽だ。洗練されたひと時で、だから飛鳥にはこの恋が不倫だという罪悪感がいまだに薄い。

だから、言ってしまったのかもしれない。

「淡井さん、デートしたいな」

言ってしまってから、これはいけないと、はたと気づいた。外で堂々とデートできる関係ではないから、こうしてホテルで会っているのではなかったか。

しかし淡井は、意外にも困った顔を見せなかった。

「いいね、デートしよう。桜が綺麗《きれい》なところに行こうか」

飛鳥は久しぶりに散歩を許された犬みたいに、はしゃいでしまいそうになった。


淡井と付き合い始めてから、もう四カ月も経つなんて信じられない。そしてこの四カ月間、一度も外でデートというものをしていなかったことも。

初めての〝外デート〟で訪れるのは、小江戸《こえど》と呼ばれる風情ある川越《かわごえ》の街に決めた。都内では誰かに会ってしまいそうで気が気でないし、老舗《しにせ》和菓子店が多いこの街を食べ歩きながら、レシピのヒントを得られるかもしれないと思ったからだ。

　桜はまだ五分咲きだが十分に綺麗で、平日というのに街は賑《にぎ》わいを見せている。人力車に揺られて流れる景色を眺めていると、ちらちらと舞い降る桜の花びらに誘われて、時の流れが緩やかだった時代の香りがしてくるようだ。

　この街は芋が名物なのか、甘味処《かんみどころ》では芋のデザートがやたらとイチオシされている。芋アイスを二人で食べ、芋たい焼きを二人で食べ、芋せんべいは互いに「あーん」と食べさせ合った。なんて甘いひと時だろう。

　こうして外で堂々とデートしていると、飛鳥にはこの恋が不倫ではない、まっとうな恋愛のように思えてくる。実際、淡井は「君とは不倫じゃなくて本気だ」と何度もベッドで言っていた。「妻とは別れるつもりだ」とも言う。不倫をしている罪悪感がないわけではもちろんないが、この恋は普通の不倫とは少し違う気がしている。

　淡井の場合は、奥さんがホストにハマっている。淡井が身を粉《こ》にして店を大きくしているというのに、奥さんは遊び惚《ほう》けているのだ。そんな夫婦関係ならば、少しくらい淡井が外で恋をしても仕方ないのではないかと思えてくる。

　街の中ほどを流れる小川の川沿いは桜並木になっていて、桜の枝が川にせり出し、トンネルを作っている。せっかくだから遊覧船で川下りをしながらお花見をしよう、ということになった。

ここの遊覧船は渡し舟のような小ぶりな船で、カップルや家族連れが楽しむのに丁度良い。船頭さんの案内があるのも風情がある。船に乗り込むと、なんと炬燵《こたつ》が付いている。炬燵というアイデアは素晴らしいと飛鳥は思った。お花見はロマンチックだが、いかんせん寒い。寒いから暖を取るために酒を飲む。そうして飲みすぎて皆、不本意に大騒ぎをするはめになっている気がしてならない。もしもう少し暖かければ、上品な花見客が増えるのではないかと飛鳥は常々思っていたのだ。船頭によると炬燵は大変好評で、外国人観光客にも喜ばれているという。

「うちの店も、炬燵席を作ったら喜ばれますかね」

冗談を言ったとたん、淡井がくしゃみをして顔を覆った。今日の淡井はやけにくしゃみをする。船に乗ってから少なくとも十回はしている。花粉症ですかと聞くと、「いや、まぁうん」とどちらか分からない返事をして、また顔を覆った。五十五歳の淡井には、炬燵があっても寒いのか？

このとき飛鳥は気づかなかった。淡井の真意というものに。

その真意に気がついたのは、通りすがりの若いカップルだ。目ざとい女子が「あの二人、絶対に不倫だよ。ほら、男は誰かが写真を撮ると、微妙に避けてる。誰かがＳＮＳに載せた写真で不倫がバレることもあるから、写真に写り込まないように気をつけてるんだよ」と彼氏に教えた。完全に見抜かれており、淡井がくしゃみで顔を覆うのは写真を避けるためなのであった。そうとは知らない飛鳥は、ただただ淡井が寒かろうと炬燵の温度を「弱」から「強」に切り替えていた。


情緒溢《あふ》れる川下りは、あっという間にゴール地点にたどり着いた。桟橋に降り立つと、二人はなぜか盛大な拍手で迎えられた。

「おめでとうございます！」

「え、何？　何なに？」

「お二人は、この観光船の十万人目の乗客になりましたー！」

「すごい、本当に⁉」

「さぁさぁ、記念のお写真を一枚！　めでたきお二人に、記念の賞金十万円と、世界に一冊しかないこの街の写真集を差し上げまーす！」

事態を把握できないまま、法被《はっぴ》をはおった地元観光協会の人々にはやされるままにツーショットの記念写真を撮られ、賞金を授与された。

記念すべき初めての外デートで、記念の受賞を賜《たまわ》るなんてツイている。「嬉しいね！」と満面の笑みを淡井に向けたそのときに、淡井が大きく一歩、前へ出た。

「写真集も、うん。現金も、いらない！」

観光協会の広報係が、「え……？」と、目をまん丸くして驚いている。

「あのー、十万人目の乗客になれたことは嬉しい。だが！」

淡井は、より一歩、大きく前へ出た。法廷で勝ちにいく弁護士か検事かといった具合に、堂々と手振りをまじえて力強く話し始めた。

「俺たちは、この街のすばらしい風景を、この目で！　この耳で！　この鼻で！　感じ取りに来させていただいたんです！　お金なんかもらえるわけないじゃないか！　本当に祝われるのは、俺たちじゃない。沢山の人々を運んで、みんなを幸せにしてきた、あの船頭さんだ！」

退屈そうに船で待機していた七十代であろう船頭さんが、「え……？」とやはり目を点にして、皆からの視線を受け止めた。

何言ってんだ、このオッサン……。

観光協会の係員たちは、おおむねそんな表情をしている。しかし淡井の自信たっぷりの話し方が功を奏して、道行く人々からは拍手が湧いた。

「というわけだから、あのー。さっき撮った写真は、削除……できるよね」

淡井は打って変わって小声で係員に耳打ちすると、ひょいと飛鳥から賞金を取り上げて返却した。「行こう。ね、行こう！　すみません、ごめんなさい、通ります」と飛鳥の手を引き、人々をかきわけ、ずんずんとそこを離れた。

賞金十万円も記念写真も心惜しかった飛鳥だが、手を引かれて歩くうちに確かに淡井の言う通りかもしれないと考え始めた。旅の風景は写真じゃなく、心に、五感に、焼き付けるもの。そういう感性を持ち続けているからこそ、淡井は成功者になり得たのだ。

やはり淡井は凡人じゃないと尊敬の念を新たにした。

言うに及ばず、このときも飛鳥は気づかなかった。

「あいつら、絶対不倫だな」

「ですね」

観光協会の面々が二人の背中に囁いているとは、露《つゆ》ほども思わずにいた。

4

この橋から見る景色が飛鳥は好きだ。

向こうには佃《つくだ》の昔ながらの景色が広がり、こちら側には遠くにスカイツリーが見える。レインボーブリッジのような華やかさも勝鬨橋《かちどきばし》のような歴史もないが、来る人を拒まない鷹揚《おうよう》さと心地よい生活感がある。橋のたもとの広場では、読書をする人、筋トレをする人、ダンスの練習をする若者、駆けまわる子供たちと、それぞれが好き好きに過ごしている。

この橋の名は、「幸せ橋」という。大学時代に千種と劇団に入っていた頃、ここで二人で発声練習や芝居の稽古をしたこともあった。社会に出てからは恋や仕事の相談や青臭い夢を語り合ったことがあった。そうした思い出も景色に混ざって見えるから、飛鳥はここが好きなのかもしれない。

「外に出やすい季節になってよかったね、能子《のこ》ちゃん！」

親友の千種は、この半年間で妊婦からママに進化していた。助産師が感心するほど安産だったという千種は、生まれてきた女の子に「能天気に育ってほしい」という願いを込めて、能子と名付けた。「能天気にかまえていれば、人生きっとなんとかなる！」という千種ならではの人生訓が込められている。自分も元カレも一重なのに能子はまさかのぱっちり二重で奇跡が起きたと、千種は興奮気味に話す。

安産だったとはいえ産後の育児は大変だという。数時間おきに授乳しなくてはならず、まとまった睡眠がとれない。部屋は散らかっていくし、お風呂やトイレにすらゆっくり入れないのだそうだ。出産を経て、千種は世の中にいる母親という生き物を一人残らず尊敬するようになったという。

しばらく能子と家に閉じこもりがちだったが、やっとベビーカーで出歩くのが心地良い季節になった。それでもカフェなんかで能子が泣き出したら周りに気を遣ってしまうと千種が言うので、散歩がてら「幸せ橋」に来たのである。

久しぶりに来た「幸せ橋」には、橋の端っこに鐘が設置されていた。

「幸せになりたい鐘？」という凄《すさ》まじくセンスのない名前が付けられている。

「なんで上から目線？」

「ありゃすぐ撤去だな」

二人でツッコみながら歩いていると、エプロンとサンダル姿の主婦が脇目も振らずに鐘の方に走っていく。そして鐘を力任せに打ち鳴らし、叫んだ。

「夫と不倫している女が別れますようにーーー！」

飛鳥はドキリとした。と同時に、やはり千種にだけは正直に話しておこうと思った。

「千種、実は話しておきたいことがあって」

「どうした？」

「淡井さんとね、付き合ってるんだ」

「付き合ってる……って……それ不倫⁉」

千種が大きな声を出すので、周りの人たちにジロジロと見られてしまった。

「ちょ、声、でかいから！」

慌ててたしなめたが、千種はおかまいなしに続ける。

「一つだけ言っておく。不倫は、幸せを、生まない」

相当驚いたのだろう、千種はインディアンの長老のような物言いになった。

「分かってるよ。でも多分、奥さんとは別れるって感じでね」

「その言葉を信じてすがってる女性、一万人はいるわよ」

「ねぇ知ってる？　ギリシャ神話でもゼウス神は不倫してるんだよ？」

食い下がってしまったが、これは本当にそうなのである。万能の神ゼウスは、ヘラという正妻がいながら、イオだのエウロペだの総勢十数人の美女たちと浮気を繰り返したといわれている。結婚した回数も一度や二度ではないらしい。しかし千種はむろん、そんな言い訳をバッサリと切りすてた。

「不倫を肯定するために、ギリシャ神話を出し始めたら終わり」

もっともすぎて、ぐうの音も出ない。飛鳥は打ち明けたことを少しだけ後悔しながら、早々に話を切り上げようと矛先を変えた。

「そういえばさ、千種はどうなの？」

「どうなのって？」

「あの整体師」

「あぁ、野村さんのこと？」

「通ってるんでしょ？　体触られて恋しちゃうとか？」

ふざけ半分で冷やかすと、千種が慌てて「バカじゃないの」と否定した。千種が「バカじゃないの」と言うときは大抵ズボシだ。大学時代に付き合ったI先輩も、バイト先で片思いをしたOさんも、能子の父親となったラップ男のときも、初めはそう言って否定していた。

「千種がバカじゃないのって言うときはズボシなんだよねー」

「なにそれ、バカじゃないの」

また出た、本日二回目のバカじゃないの！　こうなると俄然《がぜん》、飛鳥としても千種の本心を確かめたくなってくる。

「本当はちょっと好きになったんでしょ？」

「そんなことない」

「ちょっとは好きでしょ？」

「ない！」

「本当の本当は、ちょっとは好きでしょ？」

「……ちょっとね」

はにかみながら千種が認めた。飛鳥は妙に盛り上がって、「能子ちゃん、新しいパパができますよー」と能子をあやしたが、千種は飛鳥の恋の方が気がかりなようだ。

「それより飛鳥。私のことなんかより、淡井さんとのこと！」

「うん、もうそれは大丈夫。本気じゃないから」

「本気の人ほどそう言うのよ」

「分かったよ」

思いのほか弱気な声が出てしまった。もう耳の痛いことは言わないで。言いたいことは十分に分かってるから……。そんな風に千種に伝わったのだろう。千種はそれ以上は何も言わず、能子の成長ぶりと可愛《かわい》さに話題は移った。

本当に分かっているつもりだ。この恋が誰からも応援してもらえるものではないこと。それでもすでにどっぷりと浸かってしまい、もう後戻りはできそうにないこと。そして千種の言う通り、この恋はおそらく幸せを生まないこと――。

飛鳥はなんとなしに遠くのスカイツリーを眺めた。さっきまでてっぺんまで見えていたツリーが、今は重たそうな雲に包まれて霞《かす》んでいる。

そんな飛鳥の視線を遮るように、エプロンとサンダル姿の主婦が、またしても一目散に走ってきた。主婦は再び鐘を鳴らし、叫んだ。

「あの女、地獄に落ちやがれーーーー！」

飛鳥には、まるで自分が叫ばれているように感じられた。

5

淡井が『シンフォニスト』自由が丘店のチーフを正式に指名したのは、もうすぐ梅雨《つゆ》が明けようかという頃だった。例によって朝礼で、「新店舗である自由が丘店のチーフは、剛田飛鳥にやってもらう」と公表し、正式な辞令となった。「じゃあ、飛鳥、一言」と挨拶を促され、飛鳥は皆の前に出た。

「名店『シンフォニスト』の二号店として恥ずかしくなく、かつ新しい可能性も見つけていけるような店を目指したいと思っております。皆さまのご指導ご鞭撻《べんたつ》を今後ともよろしくお願い致します！」

頭を下げると、スタッフからは大きな拍手が送られた。しかしそんななかでどうも左前方から鋭い視線が突き刺さってくる。大木がやる気なさげに拍手をしながら、めちゃくちゃ睨《にら》んできているのである。

どこかで嫌味を言われるに違いない。そう飛鳥は覚悟していたが、それはすぐにやってきた。ショーケースに商品を一通り並べ終え、朝の慌ただしさが一段落したときだ。淡井が打ち合わせに外出したのを見計らって大木が近づいてきた。

「やっぱり女性っていいよなー」

「あ、ちょっと！」

飛鳥が絞っていたクリームをひょいと横取りして、なんと一舐《ひとな》めしやがった。

「実力以外にチャンスの摑《つか》み方あるもんなー」

淡井との関係は気づかれていないはずだ。それなのに相変わらず、飛鳥の昇進を色仕掛けに違いないと疑っている。飛鳥がどれだけ努力しようが実力をつけようが、大木は飛鳥を認める気など更々ないのだと飛鳥は悟った。

「淡井さんは、私の才能を認めてくれたんです！」

わざと「サイノウ」の部分を滑舌よくゆっくり言うと、大木は驚いたように目を見開き、動きがほんの数秒、固まった。そして飛鳥が作っていたケーキを見下ろし、なめるように全角度からそれを見て、後ずさりしながら去っていく。

「本当にそうかな？　かなー、かなー、かなー」

謎のリフレインを自前で付けて後ずさりしていく人間を、飛鳥は初めて見た。

「実力だっつうの！」

飛鳥はいつもの敬語を忘れて言い放った。


チーフ就任の辞令が出てから一週間、どうにも落ち着かない日々が続いている。

皆から注目されて浮足立っているというような良い意味ではない。帰り道に、誰かにつけられている気がしてならないのである。

ここのところ、従来の業務に重ねて自由が丘店の準備で忙しく、淡井との逢瀬《おうせ》は減っている。だから代官山の店からまっすぐに代々木上原《よよぎうえはら》の自宅マンションに帰るのだが、最寄り駅から自宅までの道すがら、何度か誰かにつけられている感じがしたのだ。

千種に相談すると、「大木って奴じゃない？　男の嫉妬は怖いっていうよ。あんたそのうち刺されるんじゃない？」と言われた。しかし飛鳥は、大木ではないような気がしてならない。大木は面倒くさい奴ではあるが、こういう狂気は備えていないと思うのだ。嫌味も意地悪も面と向かって言ってくる。他の人と陰口を叩《たた》いたり、たとえば飛鳥の調理道具にいたずらをしたりといった陰湿なことは、さすがにしない大人である。「だとしたらストーカー？　ほら、テレビの取材見てファンになった人とか？」とも言われたが、それについても心当たりはまるでない。

一人暮らしが怖くなるのは、こういうときだ。かといってボディガードを誰かに頼めるわけもなく、警察に相談するほどの事態でもない気がする。いろいろと考えた結果、防犯ブザーを握りしめながら帰路につく日々が続いている。

今日も最寄り駅を降りてから、誰かにつけられているように感じている。

大木はたしか、後輩と合コンに出かけていった。ということは、やはり犯人は大木ではないのだ。だとしたら、いったい誰……!?

「誰!?　今そこに隠れた人！　警察に電話するから！」

ガード下を潜《くぐ》り抜けたとき、飛鳥は振り返り、暗闇に向かって毅然《きぜん》とした声を発した。

しかしそこには暗闇があるだけ。人影もなければ、物音もしない。

確かに気配を感じたのに。やはり気のせいなのだろうか。チーフに抜擢《ばってき》されて気負いすぎてナーバスになっているのか、寝不足で疲れているのか……。

踵《きびす》を返そうとしたその時、ガードのコンクリート壁の陰から、一人の女がおずおずと現れた。白地に黒い花柄の清楚《せいそ》な感じのワンピースを着て、白いレースのカーディガンを重ねている。線が細くて気弱そうな、飛鳥とおそらく同年代の女である。

「だ……誰……⁉」

飛鳥が聞くと、上ずった声で女が答えた。

「あの……、淡井の妻です」

血の気が引くとはこういうことか。体中の血液が、循環することを忘れてサーッと下へ落ちていき、足の裏から地面へ流れ出てしまった感じがした。周りの温度が何度か変わったかと思うほど全身が寒くなった。

「あ、……お世話になっております。えっと……」

次に何を言えばいちばん自然なのだろう。続く言葉が見つからない。

淡井の妻・美奈《みな》は、「妻です」と自己紹介をしたまま俯《うつむ》いている。緩やかにウェーブがかかった黒髪が俯いた顔を隠していて、どんな表情をしているのか飛鳥からは見て取れない。胸に書類のような物をしっかと抱き、小さく震えている。

続けるべき言葉を見つけられないまま美奈の動向を窺《うかが》っていると、美奈は俯いたまま一度深呼吸をしてから、顔を上げて飛鳥を見据えた。その表情は飛鳥が想像していたそれとは違った。怒りというより怯《おび》えているようである。

「お願いです、私の夫を取らないでください！」

「ええっと……」

しどろもどろの飛鳥に、抱えていたものを美奈が突き出す。それは黒いファイルで、見るとそこには飛鳥と淡井が川越でデートしたときの様子を隠し撮りした写真が何枚も貼ってあった。一つのアイスを二人で食べたり、芋せんべいを「あーん」と食べさせ合ったりしている姿が、少しもピンボケしないで写っている。プロの探偵に依頼したのだろう、不倫という関係性をしっかりと捉えている。淡井があれだけくしゃみをして避けた写真、奇妙な演説をしてまで消去させた写真であったが、実はあっけなく被写体になっていたのである。そしてあの桜色の甘いひとときが、いまは犯罪の証拠として目の前に突きつけられているのである。

「芋アイス、芋たい焼き、芋せんべい……。芋、芋……、芋ばっか食べておいしかったですか！」

美奈が震える声で、怒りと悲しみをぶつけてくる。

「あ、いやこれ、たまたま仕事で一緒になって……」

「主人、パティシエなのに、昔、芋が好きじゃなかったんです。芋のおいしさ教えたの、あたしなんですよ！」

飛鳥は言葉が出なかった。淡井はあのとき芋の和菓子を味わいながら、芋という食材がいかに素晴らしいかを説いていた。安納芋《あんのういも》、鳴門金時《なるときんとき》、紅《べに》はるか、いろんな芋を食べ比べたことも話していた。それら全てが美奈の献身だったとは。

「どんな言い訳をされても、全部分かってますから！」

全力でぶつかってくる人に小手先のごまかしは通用しない。飛鳥はもうできる言い訳はないと直感していた。けれどそれでも、淡井との関係を認めるわけにはいかない。それが不倫のルールという気がする。だから謝るわけにもいかない。ひたすら黙ることしかできないのである。

黙り込んだ飛鳥から、美奈はファイルを奪い返し去っていった。

自宅マンションに戻ってから飛鳥は床にぺたんと座り込み、しばらくの間、途方に暮れた。その後、いつものようにバスタブに湯をはり、これでもかと汗をかきながら風呂に入った。本当は着替えもせずにベッドに倒れ込みたかったが、そうはしなかった。もしそうしたら、朝になっても今夜のことを引きずったまま、起き上がれないような気がしたからだ。人というのはショックな出来事があったときほど、日常のルーティンを淡々とこなそうとするのかもしれない。そうして必死に平常心を保とうとするのかもしれない。

バスタブに浸かりながら、飛鳥はただただ動揺していた。この歳にして愚かすぎることであるが、自分が愛人という立場にいたことを、今日はじめて実感をともなって認識した。自分は淡井の「恋人」だと思っていたが、奥さんからしても世間からしてもいわゆる「愛人」なのである。「剛田飛鳥」という自分と、「愛人」という言葉が持つイメージのギャップの大きさに、今更ひどく戸惑っている。

美奈に気づかれてしまったこと、美奈が会いに来たことを、淡井に伝えようかとも考えたが、すぐにやめた。もしかしたら淡井は今、修羅場のさなかにいるかもしれない。そもそもスマホは、もはや奥さんの監視下にあるかもしれない。

百聞は一見にしかずというが、飛鳥は美奈という人物を一目見て分かってしまったことがある。この奥さんは、ホストになど嵌《はま》っていない。ホスト遊びどころか、一途《いちず》に淡井を支えてきた糟糠《そうこう》の妻だろう。そして淡井を今も愛しており、奪われたら人生が崩壊しそうなほど淡井を必要としている。

つまり淡井は、飛鳥に嘘をついていた——。

飛鳥を口説くために、夫婦関係が崩壊していると嘘をついた。それならば、あのときのあの言葉はどうなのだろうか。飛鳥のなかに、答えを知りたいような知りたくないような疑問が、次々と湧いてくる。

「飛鳥といると楽しい」と言ったのは嘘？

「この恋は本気だ」と言ったのは嘘？

「妻とは別れる」と言ったのは嘘？

考えても考えても、正しい答えは分からなかった。考えるほどに淡井の言葉を信じたくなってしまう自分の弱さが顔を出して、嫌になった。


ちょうどその頃、淡井は飛鳥が想像したように、まさしく修羅場のなかにいた。とはいえ妻から刃物を突き付けられたり、皿を投げられたり、怒鳴られたりというものではない。もっと静かで、冷ややかなものであった。

淡井が出張から帰宅すると、すでに美奈は寝室で寝ているようだった。

ダイニングテーブルにファイルが一つ置かれてあり、その上に「淳ちゃんへ」と宛名が書かれた封書がある。ダウンライトがそこだけを照らしてスポットライトのように当たっていたので、疲れて帰った淡井の目にも留まった。

出張に出かけたときは美奈への土産《みやげ》を欠かさない。いつものように土産をテーブルに起き、いったい何の書類だろうとファイルと封書を開けた。すると封筒には手紙が入っており、美奈がどれだけ傷ついたか、それと同時に妻として至らなかった部分をどれだけ反省したかがしたためられていた。

浮気をして妻に反省されるのはきつい。怒鳴られて叩かれるほうがよほど楽だと淡井は気が重くなった。

寝室にいる美奈が眠れてはいないだろうことは想像がついた。淡井はどんなふうに寝室へ向かえばよいか分からず、リビングのソファで夜を明かした。

翌朝、出勤途中の電車のなかで、飛鳥は淡井からのラインを受け取った。

「仕事が終わったら残ってくれないか。話があるんだ」

淡井もあのファイルを見たのだ、そう察知した。

その日は一日、淡井と目を合わすことなく過ぎた。淡井は打ち合わせに直行し、今朝は朝礼は行われなかった。午後に調理場に淡井が来て一緒になったが、互いに互いを見ることなく過ごした。

「話」とはなんだろう。一日中、飛鳥の頭の中はそればかりで占められていた。昨夜の出来事がこの恋の岐路になることは覚悟している。何かしらけじめをつけなければならない。いったい淡井はどうするつもりでいるのだろう。

「妻が迷惑をかけたようですまなかった」

「ほとぼりが冷めるまでしばらく会えない」

「妻と別れることにしたよ」

「もう君とは会えない、別れよう」

いろんなセリフが浮かんでは消えながら、一日を過ごした。


そうして今、夜九時の調理場では、飛鳥が一人残っている。

ここは淡井との全てが始まった場所である。ここで今日と同じように一人居残り、淡井を待った夜が幾度となくあった。はじめは能力を売り込む計算ありきで淡井を待った。それがしだいにレシピの相談とワインが楽しみで待つようになっていった。そして、どこでどんな計算違いが起きたのか、あの夜、淡井にときめいてしまったことがおそらく全てを狂わせた。あの時は、まさか半年後に、こんな苦い気持ちでここで淡井を待つ日がくるとは、よもや夢にも思わなかった。

淡井が扉を開けて入ってきた。

「……お疲れさまです」

「……うん」

そう言ったまま二人の間に沈黙が流れた。ほんの数秒だったのかもしれないが、あまりに重く、長く、息苦しく感じるほどの沈黙である。

こちらから何かを切り出すべきだろうか、でも何を切り出せばいいというのか。そう逡巡《しゅんじゅん》しているうちに淡井のほうが沈黙を破った。

「この店を辞めてほしい。なかったことにしてもらいたいんだ」

飛鳥は耳を疑った。そしてほとほと自分はバカだと痛感した。

いろんなセリフを一日中考えていた。それなのに、「店を辞めてほしい」と「なかったことにしたい」というパターンはどちらも想定していなかったのである。

冷静に考えれば、オーナーと不倫し、その妻に気づかれれば店を辞めなければいけないのは当然の罰だろう。それなのに飛鳥は想定していなかった。まさか修羅場の翌日に、こんなに早くに、危機管理を徹底するがごとくに、まるでＰＣ上で邪魔になったデータをあっさりとゴミ箱に捨てるみたいにあっけなく存在を消去されるとは。

「次に働く店は探すし、退職金も多めに出す。だから……」

「分かった。お店辞める。次の店も自分で探すよ」

聞くに堪えられず淡井が言い終わるまえにかぶせて言った。

頼む、淡井さん。これ以上、私を惨めにしないで。それではまるで手切れ金を受け取るようなもの。そんな終わり方はあまりに惨めじゃないですか。

飛鳥は淡井への想《おも》いを、この場で断ち切ることに決めた。

ただ一つだけ確かめたいことがある。昨晩、淡井の嘘に気づいたときに、最後の最後まで自分のなかに残ったことだ。

もはや淡井が口にした、溶けるような甘い言葉のほとんどが嘘であっても構わない。けれどこの言葉だけは嘘ではなかった、百パーセント本心から告げたものだと答えてほしい。飛鳥はほとんどすがるような心持ちで淡井に尋ねた。

「淡井さん、一つだけ聞かせてほしい。私にパティシエとしての才能があると言ったのは……嘘だった？」

「……嘘じゃない」

「じゃあ、その言葉を言った時さ……。私を口説きたかったからという気持ちは、一パーセントもなかった？」

「……ごめん」

あれほど嘘をついてきたのに、最後の最後で淡井は嘘をつくのをやめた。

もしかしたら、この恋においてはこの瞬間が、淡井が飛鳥に対してもっとも誠実に接したときなのかもしれない。淡井は少なくとも一パーセントは、飛鳥を口説くという目的のために飛鳥の才能を誉めたのだ。なのに飛鳥はそれを真に受け、調子に乗っていたのである。

「……でも本当なんだ、お前には才能がある」

あとからフォローしても遅いよ！　悔しさと情けなさでどうにもならず、飛鳥は近くにあったソース用の小鍋を淡井に投げつけた。

「中途半端に女の才能、誉めんなよーーーッ！」

淡井に命中させるはずが、かすりもしなかった。

「当たれよぉ！」

飛鳥はこの大嘘つきを愛してしまった自分を、心底悔やんだ。


惨めすぎる別れの後は、コックコートから着替えもしないで逃げるように店を出た。夜の道を歩きだすと、さっきまで必死に堪《こら》えていた涙が、堰《せき》を切ったように溢れてきた。

自分はバカだ、大バカだ！

淡井の作るデザートに憧れてこの店に就職した。十年間修業をして、少しずつだが腕と自信もついてきた。この仕事を大切にしてきたはずなのに……。この店を辞めるということは、パティシエとしての道標《みちしるべ》を失うことでもあるのに……。

「不倫は、幸せを、生まない」

そう千種と話したのは先月のことだ。分かっているつもりだったのに、まるで分かっていなかったのだ。この恋だけは、自分だけは特別だと勘違いしていた。不倫の代償がこれほど大きいということを、失って初めて知った。

涙と鼻水で顔をぐしゃぐしゃにしながら、飛鳥は湿度の高い梅雨明け間近の夜をひたすら歩いた。自分がどこへ向かっているのかも分からずに、ひたすら歩き続けた。

翌朝は、いつも通り六時に目覚ましのアラームが鳴ったが出勤しなくていいのだと気づいて二度寝をした。そうして九時に起きてシャワーを浴びて出かけた。昨日ヤケになって歩いたせいで足のあちらこちらが痛い。

マンションを出て向かった先は、あの恋愛クリニック『ラブ×ドック』である。

「今までのような計算は効かなくなるわ。本当にあるのよ、そういうことが！」

今更ながら、一年前に冬木から言われたことが気になって仕方ないのだ。

確かに計算が効かなくなった。効かないどころか大誤算をしてしまった。能力を売り込んだはずが、どこでどうして色仕掛けになり最終的にクビというゴールを切ってしまったのか。自分はいったいどこで計算を誤ったのか。その原因が、もしも本当に冬木の言っていた〈女ホル〉のせいだとしたら……。これはどうにかしなくてはと、今朝早くに再び予約を入れたのだった。

診察室で白い革張りチェアに座ると、冬木は一年前と変わらぬ美貌をたずさえて現れた。助手のミッキーも、去年と全く変わらぬ服で突っ立っている。

飛鳥が少々バツの悪さを感じていると、冬木が上から目線で微笑《ほほえ》んだ。

「剛田飛鳥、待ってたわ。必ず来ると思っていたの」

必ず来ると思っただと？　こっちは二度と来ないはずだったぞ。

実際に再びここに座ると、やはりどうにも嘘くささを感じるのだが、今日は途中でキレて帰らずに診断を受けようと決めている。そんな飛鳥の心のうちを見透かしたように冬木は不敵な笑みを浮かべた。同時にミッキーも口角を上げた。

そして飛鳥の目の前に、ピンク色の薬が入った一本の注射器が差し出された。

「ようこそ『ラブ×ドック』へ。あなたにぴったりの処方箋《しょほうせん》をさし上げるわ」

処　方　せ　ん

患者			
氏名	剛田飛鳥　様		
生年月日	明・大・(昭)・平　□年△月▽日	男・(女)	

保険医療機関の所在地及び名称

保険医氏名　印

交付年月日	平成✕年✕月✕日

処方

不倫彼氏を少しだけ嫌いになれる方法
不倫している男の格好悪いところを想像しよう！

本日の処方箋は、不倫彼氏を嫌いになれる方法です。
不倫男は愛人の前では格好よく振る舞っておきながら、裏では不倫がバレないようにせこい努力を毎日積み重ねているものです。彼のセコくて格好悪いところを具体的に思い浮かべれば、不倫彼氏への恋は冷めていくでしょう。きっと未練を断ち切れるでしょう！　さあ想像しましょう！

〈不倫男の格好悪いところ・具体例〉

・不倫男は、愛人との携帯の履歴を、家に入る前に毎日細かく削除している。
ダイヤル履歴、着信履歴、受信メール、送信メールはもちろんのこと、
愛人の名前の一文字目から予測変換される言葉全てを消している。
例えば、「あ」から変換される「飛鳥の」「飛鳥と」「飛鳥を」等々を全て消す。

・不倫男は、愛人とホテルに泊まるときには、あらかじめ用意していた
無香料のボディソープで体を洗っている。

・不倫男は、愛人とのＳＥＸの後、避妊したにもかかわらず妊娠していないことを流れ星に願っている。

・不倫男は、不倫が原因で起きた殺人事件のニュースを見て焦っている。

・不倫男は、奥さんが「プリン」と言ったのに「不倫」と言ったと思って焦っている！

備考	後発医薬品（ジェネリック医薬品）への変更が全て不可の場合、以下に署名又は記名・押印
	保険医署名　印
	調剤年月日　平成✕年✕月✕日

第二章

【カルテ2／38歳・レモンな恋】

1

今年の夏はどうやら猛暑になるらしい。遅めの朝食に素麺《そうめん》をすすりながらテレビをつけたら、情報番組で天気予報のお姉さんがそう言っていた。たしかに五月初旬にしては初夏のように汗ばむ陽気が続いているが、数カ月後の夏の気温まで予測できるのは、当たり前のようでいて凄《すご》いことだと飛鳥は思う。

かつては天気予報といえば当たらないものの代名詞であった。しかし今では精度が高まり、住所を入力すればピンポイントでその地域の天気が分かるし、午後二時から雨が降ると予測されれば、本当に二時から降ってきたりする。花粉予報、黄砂予報、洗濯予報、紫外線予報、行楽予報と、いったいこれは何がメインのコーナーかと思うくらいに様々な角度から予報を出してくるのも凄い。

飛鳥はそれらを一通り見ながら、人生についても微に入り細に入り予報を出してもらえたら、計算違いの恋に落ちて失敗したりしないのではないかと自嘲気味《じちょうぎみ》に独り言《ひとご》ちた。そして今日は予報に従い、布団を干して、SPF値の高い日焼け止めを塗って出かけることにした。

こんなふうにブランチを取っていられるのは、いまだに飛鳥が失業中であるからだ。淡井の店『シンフォニスト』を辞めてからもうすぐ一年になるが、次の職場が決まる気配はない。採用の面接を受けていないわけではないが、どこも決め手に欠けている。あれほど心酔した『シンフォニスト』を超える魅力を持つ店はなかなか見つかるものではなく、やる気スイッチが入らないまま日々が過ぎている。

「ジンジャーティー、蜂蜜入りで一つ!」

『ズーアドベンチャーズカフェ』に着くと、飛鳥はいつものドリンクをオーダーした。ここのジンジャーティーは、やはり辛みが効いている。カーッと喉にくる刺激的な辛さと、それを癒すように甘くとろける蜂蜜のバランスが絶妙だ。

近頃すっかりヨガに嵌《はま》っているという千種は、このカフェの奥にある整体ジム『BONE アイデンティティ』にあれから通い続けている。産後は骨盤の位置を整えるチャンスだとか子供の抱っこで体が歪《ゆが》むからとか口実を付けているが、要するにトレーナーの野村俊介に会いたいのだろうと飛鳥はふんでいる。そうツッコんだところで恐らく千種は「バカじゃないの」と照れて否定するだけなので、あえて言わないでいるけれど。そういうわけで今も千種は野村のレッスンを受けており、飛鳥はそれが終わるのを待ってジンジャーティーをすすっているのである。

ジンジャーティーを片手にブックスペースをふらついていると、発売されたばかりの女性誌『SUNNY』が目に留まった。これは千種が、〈今注目のグルメブロガー〉として取り上げられている号で、千種から知らせを受けてすぐにコンビニで買って読んだ。シングルマザーとして奮闘している千種がこうして認められるのは本当に嬉《うれ》しい。誰かに自慢したいような、誇らしい気持ちで手に取ると、千種が来た。

「ごめん、ごめん、お待たせしましたー」

「すごいじゃん、人気グルメブロガーさん！」

千種のページを広げて見せると、千種は「まぁね」とおちゃらけて胸を張る。

「でもさ、この写真。これ修整したでしょ？」

「してないから。これで修整してたら修整した人、相当テクニックないでしょ」

「だね」

「だねも失礼だかんね！」

「んー。やっぱ目尻おかしい、修整したでしょ？」

「だから一緒だって。おかしくないって！」

いつもの他愛ないやり取りをしながら、二人はナマケモノの近くに座った。

「能子が保育園に入れたから、仕事する時間が確保できて助かってるよ」

飛鳥は千種から、保育園に子供を預けるための書類審査がポイント制になっていると聞き驚いた。たとえばフルタイムだと五ポイントだが、一見融通がききそうな自営業だと三ポイントとか、シングルマザーだと六ポイントとかいう具合に、各々の境遇にポイントが付き、合算して判断の参考にされるのだそうだ。

元カレのラッパー男はいまだに行方知れずで、おそらく友達の所を転々としているのだろうが、一度だけラインでメッセージを送ってきたという。

「なになに、どんなメッセージ？」と聞くと、「それがさ、これ」と千種がラインの画面を差し出した。そこには「もう戻らない」と、一言だけ送られてきている。

こういうことをラインで言うのはどうなんだ、と飛鳥は腹が立ったが、千種はあんな男にいちいち腹を立てても労力の無駄だと達観している様子である。

「あいつ中二男子だからさー」

「中二って。あたしたちの五コ下なんだから三十三。いいオッサン」

「おまけにあたしから持ち逃げしたお金については一切応答ナシだかんね」

千種はラインの続きをちゃんと見ろとまたスマホを差し出した。

＊

ラッパー「もう戻らない」
千種「分かりました」
千種「でもあたしが貸したお金は戻ってくるよね？」
千種「金はいつ返してくれんの？」
千種「金返せよな」
千種「おーーーーーーーい！」

＊

途中から既読にもなっておらず、最終的にラッパー男は退出していた。

「それにさ……」

頭を抱えていることがまだあるようで、やれやれ疲れるわというふうに千種がタブレットをバッグから取り出し、なにやら動画を再生した。

それはユーチューブの動画で、千種の元カレがフリースタイルバトルに参戦しているものであった。フリースタイルバトルというのは、最近流行《はや》っているラップのスタイルで、ラッパー同士が即興のラップを駆使して互いを挑発し、口喧嘩《くちげんか》をするというものだ。しかし千種の元カレは動画の中で、どういうわけだか戦う相手を罵倒せず、元カノの千種を罵倒するという斬新なスタイルを披露してしまっている。

周りがはやし立てるなか、マイクを手にした坊主頭にラフなTシャツとデニムのバッドボーイ風の元カレが、挑発してきた対戦相手につめより歌う。YO！

＊

確かにお前は　シアワセだよね
俺の前でやめとけ　空気読め！
俺の元ヨメ　すっげーブスで

余命二カ月の　ラバのようで
ブス　ＢＵＳＵ　ブス
だめ押しにブス　思い出すと苦痛
深まった夫婦の溝とほうれい線
千種　どっか　飛んでいけ！

＊

「元カノをディスるってどういうことよ、余命二カ月のラバってさぁ！」

千種は呆《あき》れかえっている。飛鳥は呆れるのを通り越して絶句してしまい、その斬新なスタイルをしばらくぽかんと眺めた。そして心から、

「ほんとこんな男と結婚しなくてよかったよ」と本音を告げた。

バーで出会ったと紹介されたときから賛成していなかったが、今となっては妊娠をきっかけに出て行ってくれてよかったと思う。能子にとっては父親だが、ＤＶだし、借金まみれだし、中二男子だし。長い目でみても縁を切って正解だろう。

「今じゃアイツのどこをどう好きになったのか分かんないよ」

「だろうね」

「まぁ可愛《かわい》い能子を自分に与えてくれたことだけは感謝してるけどね」

「逞《たくま》しいなぁ、千種は」

千種を改めて尊敬する。やはり千種は肝が据わっている。

千種にとってのラッパー男がそうであるように、後からどうしてあんな男を好きになってしまったかと後悔だけが残る恋愛は誰にでもあるものだ。飛鳥にとっては結果的に仕事を失うことになった淡井とのそれが、まさにそうだ。

淡井への未練はもう微塵《みじん》もない。パティシエとしては今も尊敬しているが、男としてはまるで憑《つ》き物でも落ちたように、あのあとすーっと熱が冷めた。

別れの翌日に駆け込んだ『ラブ×ドック』では改めて血液検査が行われ、現在の〈女《じょ》ホル〉の状態がどうなっているかを診察された。その結果、「女ホル、さらに活発になっちゃってやんの！」とミッキーに言われ、不敵な笑みを浮かべた女医の冬木から、不倫男を嫌いになる方法として、「不倫男のダサくて格好悪いところを想像する」という効果があるのかないのか微妙なカウンセリングを受けた。そして、ピンク色の薬が入った怪しげな注射を打たれそうになった。

「な、なんなのそれ！」

飛鳥がうろたえると、冬木は注射について得意げに説明した。

「これは『ラブ×ドック』が独自に開発した特効薬。あなたの血液から採取した遺伝子情報から作ったもので、女ホルを正常な状態に整えてくれるの。目の前にある恋が危険なものかどうかを遺伝子レベルで判断し、危険だと判断したら脳に働きかけて女ホルを抑制してくれるのよ」

つまりその注射を打てば、大切なものを失うような危険な恋に落ちてしまうことは二度となくなるということだった。

なんて素晴らしい薬なのだろう！

淡井との不倫で大切な仕事を失った飛鳥にとって夢の薬のように思えた。俄然《がぜん》、前のめりになったが、ミッキーがすまし顔で続けた一言で正気に戻った。

「一本二十五万円になります」

「高いっ！」

昨日失業したというのに、二十五万って！

「でもあなたのこと気に入ったからタダでいいわ」

冬木が付け足すように言ったが、もはや目は覚めている。

詐欺《さぎ》だ、詐欺！　こんな嘘くさいものを打つものか！

「そんなの打たなくても大丈夫です。もう絶対に恋でミスなんて犯しませんから！」

キレて立ち上がり、「帰りますっ！」とまたしても靴音を響かせながらクリニックを出てきたのだった。

あれから一年近くが経つが飛鳥は注射を拒否したことを悔やんではいない。実際、あの注射を打たなくても、この一年、誰にもときめいていないのだから。

やはり恋愛クリニック『ラブ×ドック』は嘘くさい。

今度こそ、もう二度とあのクリニックに行くことはないだろう。


「そっちは最近どうなの？　この間面接を受けた店は？」

『ラブ×ドック』での去年の出来事を白昼夢のように思い出していると、千種が近況を聞いてきた。三十八歳、独身、という身で失業していることを心配してくれているのだ。

「うーん、自分のなかでなんかやる気スイッチが入らない」

覇気なく言うと、思いもよらない提案が飛んできた。

「もう思い切って自分の店を持てばいいのに」

「自分の店!?」

「飛鳥がやるって言ったら出資してくれる人もいるだろうし。それにさ、飛鳥がやったら宣伝いろいろきくと思うよ。実績あるし」

自分の店を持つ——。

そういえばそれが夢だった頃があった。幸せ橋でそう語ったのは二十七、八の頃だったろう。しかしあれから淡井をはじめとする華麗なるカリスマたちの活躍を目《ま》の当たりし、少し怖気《おじけ》づいてしまい、夢は次第に存在感を消していったのだった。

「『シンフォニスト』みたいなの?」

「カリスマとかそういうのと比べなくていいからさ。ゼロに戻って素直にさ、自分だったらこういう店をやってみたいっていうのないの?」

ゼロに戻って素直に——。

飛鳥は千種の言う通りに想像してみた。

もしも自分の店を持つとしたら、『シンフォニスト』のようなロマンチックでドラマチックなものではないだろう。どちらかというと親しみのある、ほっこりする感じの、その街やお客様に寄り添う感じの店がいい。

「私がやるならパウンドケーキ中心の店かな。年齢層高めの女性も狙うかんじでさ」

「いいじゃん、それ！」

千種に乗せられて店の構想がむくむくと膨らむ。

壁は白い珪藻土《けいそうど》で窓枠とドアはターコイズブルー。二色のコントラストが可愛い外観で、店内はドライフラワーやアンティークの小物で飾ろう。そしてショーケースには店の顔であるパウンドケーキをずらりと並べる。メインはジンジャーパウンドケーキ。その焼き上がり時間には、買いに来たお客様で外まで行列ができるほどだ。外でお待たせするのがしのびないので、行列に並んでくださっているお客様には自家製のハーブティーを振る舞おう。

「ジンジャーのパウンドケーキとかメインにしてさ！」

「いいじゃん。ジンジャーパウンドケーキ！」

「でしょ？」

「女は生姜《しょうが》、大好きだからね。年をとればとるほど」

「体あっためてくれるもの好きだもんね」

「ジンジャーにレモンとか載せたりしたら、大好物でしょ」

「あ、いい！　ジンジャーにレモン！　女が好きなものトップ2！　ジンジャーレモンパウンドケーキ、頂き！」

イメージが盛り上がったところで千種がもう一度、真剣に言ってきた。

「私もいろんな形で応援できるし、やった方がいいよ」

どうやら千種は本気ですすめているらしい。

そんな大それたことができるだろうかと不安だが、一方では千種の「やった方がいい」を信じてみてもいいかもしれないとも思えてくる。

千種は昔から本音しか言わない。「やった方がいい」も「応援できる」も適当に言っているわけではないことは、長年付き合っていれば分かる。

失業というピンチを開業というチャンスに変える。ピンチはチャンスとは、こういうときにこそ使う言葉なのかもしれない。

「心強いな」

本音をこぼすと、

「私が一番辛《つら》い時、飛鳥に応援してもらえたしさ」

と千種が目くばせをした。仕事は失ったが、私にはまだ親友という宝物が残っている。やる気スイッチも入りそうな気がしてきた。

「お店出したら、人気のグルメブロガーさん、ブログで誉《ほ》めまくりでよろしくね」

「美味《おい》しかったら誉める」

「そこは親友なんだから誉めまくりでいいのにー！」

女の友情に嬉しくも照れながら、「なんだよぉ」と千種をどついて笑い合っていると、

「千種さん」と声がかかった。

振り向くと、野村が千種のスイカ柄のヨガバッグを持って立っている。

「これ千種さんのですよね。更衣室にあったのをスタッフが見つけて」

久しぶりに見た野村は相変わらず胸板が厚く、甘い声をしている。千種によると私たちより二歳年下の三十六歳だというが、身体を鍛えている人というのは飛鳥にとってはどうも年齢不詳に見える。日焼けした肌で、白い歯で、筋肉質で。爽やかなのかギラギラしているのかも不詳だ。野村の向こうにトラが見え隠れしている。野村は動物に例えるならばトラかもしれないとふと思った。

「ご無沙汰してまーす」と飛鳥が軽く挨拶をすると、

「どうも」と野村は笑顔を見せ、飛鳥をじっと熱い視線で見つめてきた。

あれ？　なんでじっと見てる？

やっぱりあたしに惚《ほ》れちゃった？

それならばと飛鳥がいい女風にキメ顔をすると、野村は言った。

「ギックリ腰とか気をつけてくださいね」

「……大丈夫ですから！」

思わず逆ギレ気味になってしまった飛鳥をよそに、野村は千種に忘れ物のヨガバッグを渡して「じゃあ、仕事あるんで戻ります。じゃ」と挨拶をして去っていった。千種は「どうも」と嬉しそうに受け取り、顔をほころばせて見送っている。

飛鳥はちょいちょいと千種を引っ張って、やはり聞いてみることにした。

「で。どうなってんの、野村さんとは？」

「何も進展なんてありません」

「何も？　何も？」

「たまにはご飯とか行くけど」

「ほら、なんだ、行くんじゃん。手くらいつないだ？」

「いや、ご飯食べにいくだけだから。そんなものはさ」

「なんだよ、もう。早くしないと他の女に持ってかれちゃうぞ！」

そうけしかけると、「なにもないからいいのよ」とポロリと言った。

考えてみれば千種もこの一年間は大変な修羅場をくぐってきたわけで。本格的な恋はお休みしながら、お気に入りの男性とご飯を食べるだけという程度のほのかなときめきが丁度いいのかもしれない。そしてそんな千種だからこそ、幸せになってもらいたいと飛鳥は願っている。

「で。野村さんと何食べにいったの？」

「えー」

「焼肉？」

「いや全然、全然普通の！」

「普通の？　普通の何よ？」

「和食とか」

「和食⁉　やーらしーい！」

三十八歳の大人二人は、まるで二十代のＯＬのような軽やかで罪のない女子トークをしばらくの間、楽しんだ。

2

野村俊介という男は、もしかするとただ者でないかもしれない。

飛鳥がそう感じたのは、翌日のことだ。

朝起きて、いつものように観葉植物に水をあげていたときだった。中腰の姿勢のままクシュンと小さなくしゃみをしたら腰に強烈な痛みが走り、それきり動けなくなってしまった。ギックリ腰になったのである。

天気予報もあたるだろうが、野村もどうしてあなどれない。ただの甘いイケメンではない。優れた整体師は人の身体を外側から見ただけで、まるで透視でもしているように骨や筋肉や神経の状態まで見えるのだろうか。

救急車を呼ぶべきか？　いや、ギックリ腰で救急搬送はどうなんだ？

中腰の体勢で固まったまま思考をめぐらし、ひとまず千種だ、千種にとりあえず電話しようと思いついた。

思いついたはいいが、連絡を取るために必要なスマホは、あろうことか数メートル先のキッチンテーブルに鎮座している。こういうとき、一人暮らしは本当に辛い。牛歩と蟹《かに》歩きを数センチずつ積み重ねてスマホまで向かうしかない。

「ねぇ千種、ぜんっぜん動けない……！」

「あららら。でも日曜だし朝早いし、まだどこも病院やってないと思うよ」

「これ、じっとしてたら治るのかな」

「あ、ねえ野村さんなら治せるんじゃない？　電話してみようか」

そうして野村が飛鳥のマンションに往診に来てくれる手はずになった。

あぁ救われたと胸を撫《な》でおろすいっぽうで、スッピンでパジャマという恥ずかしい姿を野村に見られるという新たなピンチに気づいたが、背に腹は代えられない。少なくとも部屋は清潔にしている。干した洗濯物が目につくこともない。インテリアはちょうど新調したばかりだ。ライトグレーを基調とし、クッションや椅子などの小物にオレンジ、黄色、ブルーの差し色を入れて、いい感じだ。

ま、いっか。

ソファに横になって野村を待つと、一時間もしないうちにインターホンが鳴った。

「気をつけてくださいって言いましたよね」

「はい……」

「大丈夫ですよ、さぁ診《み》ましょう」

優しげな笑顔をみせ、持ってきたヨガマットを敷いて治療が始まった。飛鳥が言われた通りにマットに座ると、野村が後ろから飛鳥の身体に手を回して抱きしめるようにしながら、もう片方の手で背中を優しく押してくる。

人に身体を触られることがあまり得意でない飛鳥は、実は整体の施術というものを初めて受ける。ギックリ腰を患《わずら》うのも初めてのため、はじめは緊張し、「怖い、怖い」と身体に回された野村の腕にしがみついてしまったが、「大丈夫ですよ」という野村の言葉や、指示される通りに呼吸をしたり身体を伸ばしたりしているうちに緊張がほぐれていき、少しずつ腰が楽になってきた。

「一～二週間で自然に治ると思いますよ。これからは中腰の姿勢は避けて、物を拾うときも水やりも、腰じゃなくて膝を曲げて行うようにしてください」

そう言いながらマットに横たわった飛鳥のお尻を野村はググと押してくる。

そこ、お尻……。

治療とはいえ、そういう所を触られると戸惑ってしまう。

それにしても野村には感心させられる。そもそも人に体をゆだねることが得意でない飛鳥であるのに、野村の手には安心できる感じを覚えた。この手に身をゆだねれば身体はどんどん心地よくなっていくと思わせる技術を、野村は持っているのだろう。なんならもう少し触っていてほしくなる。

「さ、こんな感じで大丈夫でしょう。お大事にしてくださいね！」

心のなかで欲張ったとき、野村が治療を切り上げた。そして「じゃあ僕、これからヨガのクラスなんで出勤します」と立ち去ろうとする。

「ありがとうございました。じゃあ治療費を……」

「今日はいいですよ。大丈夫ですからお大事にしてください」

「いやいやそれじゃ申し訳ないんで。お支払いします、払わせてください」

食い下がったが、野村は「じゃ、お大事に」と爽やかな笑顔を残して去っていった。

そうはいかないと追いたかったが、なんせギックリ腰の初日だ、思うように動けず、去っていく野村を見送るしかなかった。

野村俊介という男、親切だし腕はいいし、本当に千種におすすめかもしれない。


ギックリ腰は十日ほどで完治した。考えてみればこの十年、立ち仕事で腰を酷使してきた。ストレッチなり筋トレなり、三十路《みそじ》にもなれば腰の健康を維持するためのトレーニングが必要だったのかもしれない。

再び自由に動けるようになると、野村への有難さが身に染みると同時に、治療費を払えていないことが気がかりで仕方なくなってきた。とはいえ今更、現金は受け取ってはもらえないだろう。そこで飛鳥は千種を誘い、野村にお礼をすることにした。

「野村さん、ただで治療してくれたじゃん？　だから食事を御馳走《ごちそう》したいんだけど、近いうちに千種も空いてる日ある？」

「え？　野村さんと？」

千種の声がワントーン上がった。電話の向こうで喜んでいる顔が目に浮かぶ。実は飛鳥はちょっとした計画を立てている。この食事は野村へのお礼という名目だが千種へのお礼も兼ねている。食事の席でさりげなく千種を売り込み、良きところで自分は退散して二人きりにしてあげるつもりだ。

さて何を皆で食べようか。焼肉、しゃぶしゃぶ、お寿司《すし》……？　お見合いの世話をするおばさんというのはこんな感じなのだろうかと思いながら、飛鳥はいそいそと食べログを検索した。あれこれ検索した結果、仲良くなるなら一つの鍋をわいわいと囲むのが良いだろうと考えた。お礼の食事は、両国《りょうごく》にある評判のちゃんこ鍋店に決めた。

約束の当日、飛鳥は早めにマンションを出た。実はカフェで千種にすすめられたあの日から自分の店を開くことを真剣に考えていて、どの街がよいかあちらこちらリサーチしている。両国の街もせっかく出向くなら散策しようと考えたのだ。街をぶらぶらと歩き、旧安田庭園《きゅうやすだていえん》を巡り、国技館《こくぎかん》の売店に寄り道をして力士のストラップを手にしたとき、千種から電話がきた。

「もしもし千種？　何を着てこようか迷っちゃってるとか？」

からかい半分で明るく話す飛鳥の声とは対照的な、弱々しい声が返ってきた。

「ごめん、あたし今日行けない……」

「なんでよ？」

「能子が風邪《かぜ》引いてさ、それをもらっちゃって。今、熱三十九度」

「三十九度⁉　凄い高熱。だったら今日はキャンセルしてそっちにお見舞い行こうか。その熱で能子ちゃんの面倒をみるの大変でしょ？」

「いい、いい。こっちはお母さん来てくれてて、なんとかなるから。それより野村さんも忙しいなか予定空けてくれたんだろうし。予約取るの大変なお店なんでしょ？　とりあえず野村さんへのお礼をしちゃって。ね！」

予定外に、野村と二人で鍋をつつくことになってしまった。

せっかく千種へのお礼も兼ねていたのにと、飛鳥は肩を落とした。


ちゃんこ鍋店に現れた野村は、白いパンツに鮮やかなブルーのシャツといういでたちで、いつもより何割増しかで素敵に見えた。往診に来てくれたときもジムのスタッフユニフォームを着ていたので、飛鳥は野村の私服姿を初めて見たことになる。中学や高校の頃は、制服では格好良いのに私服がダサすぎてがっかりという男子が必ずいたが、野村はその点はクリアした。

それにしても野村にはいつも、爽やかさとギラつきの両方を感じてしまう。シャツの胸を開けていて胸筋を少し覗《のぞ》かせているからだろうか。

「千種さん、大丈夫ですかね？」

「子供からうつる風邪って強力みたいで。三十九度の熱だって」

「うわ、キツそう……」

「あ、でも今日はお礼の日だから。気にせずじゃんじゃん食べて飲んで！」

「まぁじゃ、乾杯しましょうか」

野村がグラスにシャンパンを注ぎ、二人は乾杯をした。野村との食事はそれなりに楽しく時が過ぎた。野村には接客業ならではの人当たりの良さがあるし、ほぼ同い年という話しやすさもある。スポーツマンらしい明るさと礼儀正しさもある。人の身体を触る人は、人の心を開くことも上手なのかもしれないと飛鳥は思った。

「野村君はやっぱりスポーツをしていたの？」

「はい。小学校から高校までずっと野球を」

「へぇ、野球少年！」

「結構本気でしてたんですけど、高校のときに怪我《けが》をして。そこからは選手を応援する側に回ろうと思って、整体やトレーナーになる勉強をしたって感じで」

飛鳥は夏の高校野球は欠かさず見て、毎夏、彼らの青春に涙している。若い頃はスター選手に注目していたが、アラフォーと言われる年齢になると負けたチームの奮闘ぶりやベンチで応援に回った選手に心打たれるようになってきた。人生、勝ちばかりじゃない、負けることの方が多いと知ったからかもしれない。高校球児の一生懸命さは澄んだ清水のように美しい。飛鳥のなかで野村を見る目が変わっていった。

「人のために尽くすとかをさ、若いうちに決められるってすごいよ」

「そんなことないですよ。基本は俺、体を動かすのが好きなだけです。スポーツが好きな人ほど、身体のケアが大事だって身に染みただけですよ」

「そっかぁ。身体のケア、大事だね」

飛鳥も先日ギックリ腰を経験し、身体のケアの重要さは身に染みたつもりだ。

「そういえばお相撲さんも、皆さん怪我と闘ってますよね」

野村が店の壁に飾ってある力士の手形を眺めながら言った。

飛鳥はその手形に、自分の手を重ね合わせてみた。

「あ、お相撲さんて意外と手ちっちゃいな、私と変わんない」

「ちょっと手、見せてください」

「え？」

野村がひょいと飛鳥の手をとり、手のひらのマッサージを始めた。

「疲れた時は、ここを押してくださいね」

「うわ、気持ちいい、そこ。……痛い、イタタタタ！」

わざと少し強く押したらしく、野村が可笑《おか》しそうに笑っている。

飛鳥は野村の手をさりげなくふりほどき、聞いてみた。

「あのさ……」

「はい」

「千種のこと、どう思ってるの？」

「素敵ですよ……ですけど。いい友達です。なんでそんなこと？」

「むこうが野村君のこと好きだったりしたら？」

「ないですよ。千種さんはいい友達でいたい人です」

野村はわりとはっきりと言った。飛鳥はなんとなく、今のは聞かなければ良かったと思った。自分まで少し失恋したような気分になった。

「良かったら二軒目どうですか」

店を出たところで野村に誘われ、野村の行きつけのバーへ連れて行ってもらうことになった。タクシーで数分のところにあるバーは、なんと卓球バーだった。

雑居ビルの三階にあるバー『卓球ＢＡＲ』は、入り口こそ狭いが店の中はそこそこの広さで、立ち飲み用のスタンディングテーブルが幾つかと、ソファ席が幾つか、そして店の真ん中に卓球台が置かれている。卓球台をライトが照らしていて、ハタチそこそこであろうカップルが卓球をしてキャッキャと盛り上がっている。

「あ、卓球」

「あとでやりましょうか。よぉ、トオル」

野村とカウンターに行くと、バーテンの潮風《しおかぜ》トオルがシェーカーを振りながら「いらっしゃい」と人懐っこい笑顔をみせた。トオルは野村と同い年で、この店の店長でもある。野村に劣らず日焼けしていて歯が白く、ものすごく声がいい。上から下まで黒ずくめでシックにキメているが、その分、左耳のピアスが際立ち、やんちゃな雰囲気を漂わせている。もともとプロサーファーだったというトオルとは、一時期、野村が専属でマッサージを担当していた仲だという。

トオルは流れるような滑らかな所作でシェーカーからピンク色のカクテルをグラスに注ぎ、カウンターの隅で一人で飲んでいる中年の男に差し出した。

「どうぞ、石原《いしはら》さん」

「ありがとう」

飛鳥は、ドキリとした。

カクテルの色が、一年前に『ラブ×ドック』で目にしたあの注射の色に似ていたからだ。妙に胸がざわついて目を離せずにいると、飛鳥の視線を感じたのだろう、石原という男もこちらを見て、目が合った。

あれ？　この人、どこかで会った？

飛鳥は一瞬そう感じたが、あちらは何のリアクションもなく目を逸《そ》らしたので気のせいだったようである。石原はカクテルを少し眺めてから、口をつけた。サラリーマン風の五十歳前後の男だ。なんとなくお堅い印象を受けるのは、石原の髪型が見事な七三分けであることと、主張しないダブルのスーツに地味なネクタイを合わせているせいかもしれない。

トオルはまた滑らかにシェーカーを振り、飛鳥と野村にもドリンクを出した。

「はい、ノムちゃんいつもの」

「ありがとう」

「お連れの美女は僕のおすすめで」

「わぉ、ありがとうございます」

野村にはジン、飛鳥に出されたのはララという薄いレモン色をしたカクテルだ。このカクテルは、レモンのリキュールであるリモンチェッロに、パイナップルジュース、スパークリングワイン、ドライジンを合わせたものらしい。

「スタンディングだけどいいですか？」

野村に促され、卓球台を眺められる立ち飲みのテーブルのほうへ行く。

卓球台では、さっきと同じ若いカップルが盛り上がっている。負けた方が酒を飲むという賭けをしているらしく、彼氏のほうが飲まされている。

「はい、裕也《ゆうや》の負けー！　はい、飲んで、飲んでー！」

「分かったよ」

「下手《へた》だなー」

「うるせぇなー、華《はな》が強すぎんだろ」

あんな風に勢いで飲んで、ノリで弾《はじ》けて。ハメを外すこと自体が楽しかった頃があったなぁと飛鳥は懐かしんで目を細めた。

「お酒の味も分からずにああやって飲んでた時期、あったな」

「あった、あった」

全く悪気なく口からこぼれた一言だったが、若者たちに聞こえてしまい、なぜか火をつけてしまった。ショートパンツから長い脚がすらりと伸びているギャル系の彼女が、これ見よがしに彼氏に言う。

「将来さぁ、あんな感じで飲む女になりたくないよねー」

「だな。私たちは酒の味が分かってますって感じでウザいよなー」

「それー！」

そう言って、若者二人は飛鳥を横目にハイタッチをした。

飛鳥はカチンときて二人のほうに歩きだした。野村が「ちょっと」と止めたが、振り払い歩いて行く。若者に生意気なことを言われてすごすごと引き下がるつもりはない。

毅然《きぜん》とした態度で、冷静に話しかけた。

「ねぇ。今、私のこと言ってました？」

「さっき私たちのこと嫌な感じで言ってたみたいなんでー」

「別に悪い意味で言ったわけじゃないんだけど」

「年取って自分たちがこういう飲み方できないから本当は羨ましいんでしょー？」

「こういう飲み方とかできなくないから！」

売られた喧嘩は買う主義だ。冷静な大人の仮面は瞬《またた》く間に取っ払われた。

「店長！　お願いします！」

トオルは待ってましたとばかりに手早くテキーラとショットグラスをトレイに載せて、

卓球台のほうへ運んでいく。

かくして「ダブルス・テキーラ・マッチ」、開始のゴングが鳴ることとなった。

出場するのは三十代代表の飛鳥&野村ペアと、二十代代表の華&裕也ペア。ルールは簡単で、一点を取られるごとに負けた方のペアがテキーラを一人ワンショットずつ飲む。どちらかが「ギブ!」と降参したら試合終了だ。

「勝っちゃうけどいいの?」

そう挑発すると、

「オバサンには負けない。いくよ!」

華は飛鳥を睨みつけて、サーブを打った。カコーーーン!

めちゃくちゃ速い……。飛鳥も野村もラケットを当てるどころか微動だにできないいま、サービスエースを取られてしまった。

「はい、負けー!」

華が飛鳥を両手で指さして言い、あからさまに「イェーイ!」と跳ねて喜ぶ。

「こいつ卓球部なの。しかも都大会で準優勝!」

裕也が華の栄光を自慢してくる。東京都で二位って。強いわけだ。

実は飛鳥も中学時代に卓球部に入っていた。だから多少の勝算ありきでこの喧嘩を買ったのだが、思い起こせば飛鳥が残した成績は、地元予選一回戦負け。若さ、実力、圧倒的に不利である。

飛鳥と野村は、テキーラのショットをぐいっと飲んだ。

くぅーっ。さっき飲んだシャンパンとカクテルに強烈なテキーラが乱入し、身体のなかで入り乱れて激しいダンスを踊り始めてしまった。酒のダンスを静めようと目をつぶると、野村が心配そうに「大丈夫ですか」と背中を支えてくれた。

「大丈夫っす！　いくよっ！」

勝負続行。若造に負けるわけにはいかない。

ソファ席で飲んでいる客たちも、この対決を楽しげに観戦しはじめている。

カウンターではトオルがＢＧＭを変えた。さっきまでかかっていたクラブミュージックとは違う、ポップな歌謡曲が店内に流れる。これは実は、トオルがインディーズでリリースしたシングルで、ある女性から伝授された恋愛の法則をもとにトオルが作詞作曲したオリジナルソングである。

タイトルは、『お酒とスポーツ』。

♪

お酒とスポーツ　お酒とスポーツ
強いあなたと　弱いあなた
どちらも結局　恋を生む
お酒とスポーツ　お酒とスポーツ
一緒にやれば　最高だね

♪

というサビが妙に耳に残る歌で、男女がお酒を飲みかわすことも一緒にスポーツをすることも、どちらも恋が生まれやすいシチュエーションだよと語りながら、お酒もスポーツも恋も素敵なものだねと歌い上げている。実はこの恋愛法則はそのまま、この卓球バーのコンセプトにもなっている。

「興味深い歌ですね、恋の法則、なかなか核心をついている」

卓球対決には興味を示さずマイペースに飲み続けていた石原が、この歌は気に入ったらしく、カウンター越しにトオルに声をかけてきた。

「知り合いで恋の仕組みを研究している女がいましてね。昔ちょっと、そういうのを教わったのが元ネタになってるんですけどね」

「……実は私も最近、そういう類《たぐい》の所へ行きましてね」

「へぇ。石原さん、そういう所に行くんですか」

「そこで面白い法則を聞きました」

「え、どんな法則ですか」

石原は卓球台のほうに目をやり、その法則とやらを口にした。

「『ボディタッチの密着度と恋が生まれる確率は、比例する』という法則です。体と体が触れるというのは、どんな言葉よりも脳を刺激する。だから体が触れれば触れるほど恋が生まれる確率が高くなるらしいですよ」

卓球対決では、珍しくスマッシュが決まった飛鳥&野村ペアが、ハイタッチをして喜び合っている。野村は飛鳥の背中に手を当て「ファイト！」などと言っている。

「まぁ恋なんていうものと縁遠い私には、あまり関係のないことですが」

石原は視線を元に戻して、照れを隠すように言った。石原の左手薬指には指輪はない。

トオルはたまに店に顔を出すこの石原という男を、まだ摑《つか》みきれずにいる。お堅い仕事人間にも見えるし、時々、妙にハードボイルドな雰囲気を醸し出していることもある。いつもは無口で、プライベートについてはほとんど語らない石原が、こんな話をするのは珍しいことだ。

「あの、石原さん、その恋の法則を聞いた所って……もしかして……」

「……お勘定、頼むよ」

トオルが聞き出す前に、石原は会話を終わらせて席を立った。

そんなカウンターでのやりとりをよそに卓球対決は白熱している。飛鳥&野村ペアが明らかに劣勢でテキーラを飲みまくっているが、粘っている。

「もうギブしてもいいよ?」

そう言われると飛鳥は余計に負けん気が湧いてくる。

「まだまだ! うりゃあーーッ!」

一か八《ばち》か、最後の力を振り絞って飛鳥がスマッシュを打ち込んだ。すると手が滑り、ボールと一緒にラケットまで裕也のほうに飛んでいってしまった。

次の瞬間。

カッコーーーン！

飛鳥のラケットは裕也の額に命中し、裕也はノックアウトされたボクサーのように卓球台に倒れ込んだ。ちょうどソファ席のミニスカートの女が足を組み替え、その女のパンツ見たさに裕也はよそ見をしていたのだ。

「……黒……！」

ノックアウトはされたものの、パンツを見るという目的は果たしたようだ。そして同時に、厚底靴で頑張っていた華も「もう無理～」とへなへなと裕也の上に重なった。

「勝負あり！」

トオルが審判を下し、卓球勝負は飛鳥&野村ペアがまさかの逆転勝利を収めた。

「よっしゃー！」

飛鳥は野村と抱きあって喜んだ。けれどその途端に気がぬけたのか足元がふらつき、思わず野村に寄り掛かると、厚い胸板でしっかりと受け止められた。酔いが急激に回ってきた。意地をはって、無茶をしてテキーラを飲みすぎた。

「ちょっと飲みすぎたかも。明日起きられるかな」

「良かったら家に寄って、ちょっとだけマッサージしていきましょうか」

「え？」

「僕、足つぼもできるんで。肝臓とか、お酒早く抜けるように」

「………」

お酒が回ってくらくらしながらも躊躇《ちゅうちょ》した。ただで治療してもらったお礼に食事を御馳走したのに、その食事の帰りにまた治療してもらったら意味がないような……。それにもう、夜も深いし……。

「イタタ、イタタタタ……」

結局飛鳥は、断りきれずに野村をマンションに上がらせた。

一度、敷居をまたいでいる男性だからだろうか、スッピンとパジャマ姿を見せているからだろうか、飲んだあとに立ち寄ると言われても、警戒心は湧かなかった。前と同じように少しマッサージをしてもらい、お酒をさますコーヒーかお茶でも入れれば、「じゃ、帰ります」と言うだろうと予想していた。

「痛い、痛い、イタタタタ……くぅ〜っ」

それにしても足裏マッサージは痛い。痛すぎて笑えてくる。こらえきれずに足を野村の手から抜こうとすると、野村も笑った。

「じゃあ、足ツボはやめて肩のマッサージしましょうか」

と、飛鳥の後ろにまわり、肩をもみ始めた。

ほんとうに野村の手は気持ちいい。凝りがほぐれて身体ごと軽くなっていく。

「気持ちいい……。ありがと、またお礼しないとね」

目をつぶり気持ちよさにふわふわと漂っていると、ふいに強く抱きしめられた。

「お礼なんていらないですから、だから……」

え……。ちょっと待って。これは治療の一環、じゃないよね？

「ダメ、ダメ、ダメだって」

「初めて会ったときから気になってた。それからずっと……」

「まずいって。だって千種が」

「千種さんは一人で大丈夫。でも飛鳥さんはそうじゃないですから」

「え……」

「弱いくせに」

「え……」

飛鳥のなかで何かがポンと弾けた。ワインのコルク栓がぬけるように、強がって息を止めていた素の自分がふぅーっとやっと呼吸できたように感じた。野村は分かっているのかもしれない。飛鳥がずっと肩肘《かたひじ》張って強がってきたことを。腰が抜けるような重い調理器具を男に負けまいと平気な顔をして持ち運んでいたことを。

飛鳥の身体を頭のてっぺんから足の先までマッサージして、凝り固まった強がりという呪縛から楽にしようとしてくれているのかもしれない。

飛鳥は野村の顔を見上げた。「ねぇそうなの?」と聞くように。

野村はそれにこたえるように飛鳥の頰を、大きな手で包み込んだ。

そしてこめかみを押して言う。

「ここは世界が明るくなるツボ……」

押されていると、世界が明るくなっていく気がする。

こんどは耳を押して言う。

「ここは自由に羽ばたけるツボ……」

押されていると、自由に羽ばたけるような気がしてくる。

そうして野村は飛鳥のおでこにおでこをつけ、バーからもらってきた勝利の卓球ボールをポケットから出して飛鳥の唇に当て、さらにそのボールを飛鳥と自分で挟むようにして自分の唇を当てた。

お酒の力というのは凄い。素面《しらふ》であれば吹き出してしまうような可笑しすぎるシチュエーションも、お酒に酔っていると、これもアリかと思えてしまう。

このボールが外れてしまったら、野村とキスすることになる……。

するると野村が言った。

「この球、打っていいかな」

野村は指でボールをつつき、ボールは跳ねながら床に転がった。

そして野村はかぶりつくようにキスをしてきた。抵抗しようとしたが、次第に心地よくなってしまい飛鳥はそれを受け入れた。

もう何も考えられない。

この腕に抱かれて気持ち良くなれたらそれでいい。

そんなふうに脳内で女ホルが言っている気がした。飛鳥は野村の背中に腕を回した。

野村は期待を裏切らず、トラのように激しく襲ってきた。

3

翌朝、朝日のまぶしさを感じながらうっすらと目を開けると、部屋の雰囲気がいつもと違い、あぁまだ夢のなかにいるのだな、と飛鳥は思った。そしてそれならもう少し寝ていようと再び眠りに落ちていく途中で、いや待てよ……、と嫌な予感と共にもう一度うっすらと片目を開けた。そうして隣を横目で見て、「ヒャッ」と小さな叫び声を上げた。

　隣に、裸の男が寝ている。

　目をぎゅっとつぶる。今のは夢であってほしい。もう一度目を開けたら、すっきりと夢から覚めて、平穏な現実に戻っていてほしい。

　ゆっくりと、恐るおそる、目を開ける。……いる。裸の野村がそこにいる。しかもこちらを見つめて微笑《ほほえ》んでいる！

「おはようございます」

　なんで？　よりによって野村と⁉

　飛鳥は再び目をぎゅっとつぶった。瞼《まぶた》の裏で昨夜の出来事が急速で自動再生されてくる。まるで壊れたハードディスクのように、順番はバラバラだし、所々抜け落ちてもいる。ちゃんこは全て記憶にある。卓球バーも覚えている。若者たちと対決して勝ったあたりから記憶が怪しい。そしてその後は、おぼろげで……。

　バカバカバカ！　何してんだあたしは！

　すると野村が、飛鳥の眉間に人差し指をすっと当てた。

「罪悪感がなくなるツボ……」

よりによって千種が気に入っている男と寝てしまった……。酔った流れで一夜を共にしてしまった……。そんな罪悪感を見抜いたのか野村は飛鳥を見つめた。

「酔ってこういうことをしたつもりないですから。俺、本気ですから」

本来ならば、こういうことをきちんと言われたら女は嬉しいのかもしれない。

しかし飛鳥は喜べなかった。本気だということは、昨夜のことは一夜限りのお遊びではないということ。これからお付き合いをしていく意志があると捉えるべきだろう。親友が気に入っている男と自分が付き合う？　飛鳥にとってそんなことは前代未聞の大事件、大不祥事なのである。

昔から友達が好きになった男を好きなったことは一度もない。むしろ恋愛対象外になるほうで、男として見なくなるというほうが正しい。野村のことも、初めて会ったときからどこか「千種のもの」であり、千種にオススメかどうかという目で見ていただけで自分が狙ったつもりはまるでない。

でも、こうなってしまった……。

みるみる眉間に皺《しわ》を寄せいく飛鳥をよそに、野村は「じゃ、俺、ヨガのクラスなんで行きますね、また連絡します」と爽やかに出て行った。

新調したばかりのシーツの乱れが、昨夜の激しさを思い起こさせた。

何してんだ、あたし。そもそもお礼の食事は千種と野村をくっつけるために画策したんじゃなかったか。それがどこでどうして、野村とこうなってしまうのだ⁉

「あーーーー！　バカーーーーーー！」

飛鳥はベッドに潜ったまま、この混乱を蹴散らすように大声で叫んだ。まだテキーラがぬけていない二日酔いの頭が、ひどく痛んだ。

水を飲んでは寝てを繰り返して、ようやく体内のアルコールが抜けた頃にはもう夕方近くになっていた。アルコールは抜けていったが、親友が気に入っている男と寝てしまったという重い現実は時間が経《た》つほどに暗く染みこんできた。

ほとほと自分が信じられない。野村に教わった眉間にあるという「罪悪感のツボ」は朝からもう何十回と押しているが、いっこうに罪悪感は減っていかない。スマホの着信履歴をみると、昼頃に千種から電話がかかってきていたようだ。いつもならすぐにかけ直すが、今はそうする勇気などない。

ようやくベッドから起き上がると、二日酔いが覚めたかわりにお腹《なか》が空っぽになっているのを感じた。何かを作ろうかとも思ったが、無性にカップラーメンが食べたくなり、近くのコンビニに足を向けた。健全でない夜を過ごした翌日は、身体に悪そうなジャンクフードをなぜか食べたくなる。

とぼとぼとコンビニに向かっている途中、選挙の街頭演説を見かけた。

「発想の転換！　発想の転換が重要だと思うのです！」

内容は全く頭に入ってこないが、この人は日本国民を幸せにするために一生懸命に主義主張を訴えているのだろう。

コンビニから戻った飛鳥は、カップラーメンをすすりながら考えた。

これからどうするべきなのか。「困惑」や「混乱」という言葉しか浮かんでこないが、きちんと考えなくてはいけない。

「考えろ！　考えろ！　考えろ！」

自分に言い聞かせると、飛鳥の脳内で、突如〈アラフォー恋愛党〉ののぼりが立ち、党首の剛田飛鳥が鉢巻をしてマイクを持ち、道行く人々に街頭演説を始めた。

＊

「発想の転換！　発想の転換が重要だと思うのです！　みなさんどうですか？　そもそも千種は野村さんのことを本気で好きだと思いますか？　野村さんとランチに行ったり

する関係なのに、付き合うまではいかないんですよ。ということは、実は心のなかでは面倒だと思っている。『何もないからいいんだ』とも言っていました。つまりは野村さんのことは本気じゃない！　そう思いませんか？」

聴衆に問いかけると、うんうんと同調して頷《うなず》いている。

「大切なのは、私が野村さんと寝てしまったということではありません。私はこれから真剣に付き合おうと思っているのです。そうです、千種が本気ではないいっぽうで、私はこの恋に本気なのです。ギックリ腰というピンチを救ってくれた高校球児のハートを持つ彼を、本気で好きになってしまっていたんです。彼には心をほぐされました。身体もですが。こんな男性は他にはいません！」

聴衆はさっきよりも大きく頷き、拍手が起きた。

「正直に千種に伝えるべきだと思うんです。千種はきっと分かってくれると思うんです。これぞ親友というものじゃありませんか！」

聴衆から大きな拍手が湧くとともに「そうだ、そうだ！」と声援が飛ぶ。

「恋したってEじゃない！」

飛鳥が拳を上げてコールすると、聴衆もレスポンスしてくる。

「恋したってEじゃない！　恋したってEじゃない！　恋したってEじゃない！」

飛鳥と聴衆は、シュプレヒコールで一体となった！

＊

妄想から覚めて、自分はこんな風に思っていたのかと飛鳥は少し驚いた。しかしこれが深層心理なのだろう。そうだ、私は自分でも気づかないうちに野村に心を開き、野村を本気で好きになってしまっていたのだ。

しかし、こんな気持ちになってしまったことを千種にいったいどう伝えたら良いのだろう。考えても考えても良い伝え方など見つかるものではなかった。

千種に隠れて野村と付き合うなんてことは考えられない。しかしどう伝えるのが誠実なのかも見つからない……。そんな状況のまま一週間が経ってしまった。そしてぐるぐると考えた揚げ句に辿《たど》り着いた答えは、千種に会って包み隠さず、本音をぶつけるしかないのではないかというものだった。

飛鳥は千種に電話をかけた。

「あ、千種。あのね、今日ちょっと話あるんだけど、いいかな？」

千種とは午後三時に幸せ橋で会うことになった。千種が能子を迎えにいくまでの時間をもらったのだ。

「千種なら分かってくれる」と呪文のように唱えながら飛鳥は幸せ橋に来た。待ち合わせの時間よりかなり早くつき、ベンチで千種を待っている間もそう繰り返し唱えた。千種が「ごめん、待ったー？」と来たときは、「待った、待った」といつものノリで笑顔を返したつもりだが、おそらく表情は強張《こわば》っていたと思う。

「で？　話って？」

「あ、うん。まぁ、そんな大した話じゃないというかね。あ、ていうかゴメンね、電話もらってたのに、折り返すの遅くなってさ」

「どお？　大変？　事業計画進んでる？」

「あ、うん、まぁ」

「まずはこれ」

千種は飛鳥の話を、店の開業についての相談だと思っているようだ。バッグからクリアファイルを取り出して資料を飛鳥に見せながら、説明をする。

「ここの会社の人なら、飛鳥に出資してくれると思うんだ」

飛鳥は資料を直視できない。千種が自分のために東奔西走してくれていたというのに、自分はいったい何をしてしまったのだろう。

「あと物件も知り合いの不動産屋さんが協力してくれるって……」

「あのね！」

聞き続けるのが辛くなり、千種の言葉を遮った。千種は飛鳥の深刻な表情に気づいて、きょとんとしている。

「あのね、お店の話じゃなくてね。私、彼ができたの」

「彼氏⁉　いつの間に？　誰だれ？　誰？」

千種の顔が「おめでとう！」と言っている。一緒に喜んでくれるつもりなのだ。

「……野村さん」

「……そうなんだ」

さっきまでほころんでいた千種の顔が強張った。千種の視線が飛鳥からそれて下を向いた。少しの間、沈黙ができた。

「野村さんと付き合うことになって……」

「そうなんだ」

「もちろん千種が気になってたのも知ってる。だけど千種、ずっと進展しないから。本当はそんなに気になってないいんだろうなって思って」

「良かったね！」

飛鳥の言い訳を遮り、笑顔で明るい声で千種が言った。やっぱり分かってくれたんだ……。正直に本音をぶつけて良かった……。しかしそう許されたと感じたすぐ後に、千種の目にみるみるうちに涙がたまり、こぼれ出るのを目撃した。

「飛鳥にとって私って何なのかな」

「……友達」

「だとしたら友達って何なのかな。飛鳥は私のことどう思ってた？　ずっと」

「…………」

「本当はさ、私といると安心したんでしょ」

「安心するよ、千種といると安心する」

「安心したんだよね、私のこと下に見て安心してたんだよね！」

そんなことない。千種のことは尊敬している。そう言いたいが、千種が今までの我慢をすべて放出するかのように大粒の涙をこぼしながら飛鳥のために集めた資料を睨《にら》みつけているさまを前にして、何を言えばよいか分からなくなった。

「あのね、飛鳥！」

「………」

「私は飛鳥が私のことをバカにしてんじゃないかって、今まで何度も思ったんだよ。でも、そんな思いが頭に浮かんでは消してた。そう考えるもう一人の自分が嫌いだった。だけどさ……。そっちが正解だったんじゃん……」

自分はバカだ。親友だから分かってくれるだろうなんて虫が良いにも程がある。こんなに親友を傷つけて、親友の気持ちに鈍感で、友情を踏みにじった。自分には、千種と親友でいる資格などない。

「ごめんなさい……」

飛鳥は千種に頭を下げ、逃げるようにその場を去った。

千種に背を向けたとたんに涙が頬を伝ってきた。取り返しがつかないことをしたんだ。千種は私と友達になったことを後悔しているだろう。たぶんもう、許されることはない。ここで二人で芝居の稽古をした。二人で夢を語り合った。それらすべてが、今日のこの最低な出来事で、自分が招いたことで、下品で最悪なものに取って代わられてしまった。

大切な親友だったのに。生涯付き合っていく親友は千種しかいないと思っていたのに。恋が、それを変えてしまった――。

飛鳥は今、『BONE　アイデンティティ』の通用口にいる。

千種から逃げるように去った後、野村に会いたくて、いてもたってもいられなくなった。自分は千種よりも野村を選んだ。友達よりも男を取った。だからどうしても、すぐに会って抱きしめてもらいたくなった。

呼び出すと野村はすぐに出て来てくれた。がっしりとしたその胸に飛鳥は飛び込んで顔をうずめた。野村はそんな飛鳥を包み、強く抱きしめる。

「何があったの？」

「千種に話してきた。野村さんと付き合うことにしたって……」

野村が抱きしめていた力を弱めた。

「……え……。千種さんとどうなったの？」

「もうダメだと思う」

野村に甘えたい。野村の胸におでこをこすりつけた。

野村はすべてを見通す人だ。だから私の傷ついた心を見抜いたうえで、「大丈夫だよ、僕がいるから」と言ってくれるに違いない。そして頭を撫でてくれる。それだけで飛鳥は安心し、自己嫌悪でささくれだった心は落ち着きを取り戻せるはずだ。

しかし野村が発したのは飛鳥が想像もしていなかった言葉であった。

「困るなー」

ため息混じりに、野村はそう言ったのである。そして飛鳥の頭を撫でるどころか胸のなかから飛鳥を追い出し、イラついたようにため息をついた。

「なんでそんなことしたの」

「え……それは、千種とは友達だし……」

「そういうことされると、千種さんと連絡取れなくなるじゃん。困るなーーー」

全然分かってないね、飛鳥さんは、というふうにため息をついて野村は空を仰ぎ見た。そして、「ちょっと客待たせてるから、また後で」と去っていった。

どういうことだ……？

救急車のサイレン音が遠くから聞こえてくる。まさか私を救いに来たとか？　そんなことはあるはずはなく、サイレンはある所からトーンを低くし再び遠ざかっていった。

考えろ！　飛鳥！　考えろ！

つまり野村は、顧客である千種には内緒にしたまま、千種とランチをする関係を続けたまま、私との関係も続けたかったということか？　そういうのって本気っていう？　待てよ、そもそもあの夜から今日までの一週間、「また連絡します」と部屋を出て行った野村からただの一度でも連絡が来ただろうか、来ていない。そういうのって本気っていう？

飛鳥はようやく野村の本性が見えた気がした。「女好きの肉食男」という本性が。無性に腹が立ち、腹の虫がおさまらないので、ジムの中へと突入した。

ずかずかとジムに入っていくと、野村は小太りの男性客に胸筋を鍛えるマシーンでのトレーニング方法を指導していた。飛鳥は脇目もふらずに野村のほうへ歩いていく。気迫を感じたのか、呼びかける前に野村が気づいた。

「飛鳥さん。何やってるんですか。今、トレーニング中ですよ」

「だから、何？」

飛鳥はそう言うと、野村の顔面めがけて右の拳を突き出した。

右ストレート！

しかしそれは、あえなく野村の大きな手で止められてしまった。

「いいパンチですね」

「止めてんじゃねーよーーーー！」

飛鳥は言い捨てて、その場をあとにした。

ジムを出てからは雑踏のなかをひたすら歩いた。足が痛くなっても歩き続けた。そういえば去年の今頃もこんな風に歩いたっけ、など投げやりに思いながら。

私はバカだ、大バカだ。

自分が大切にすべきものを、その場の雰囲気に流されて見失ってしまう。酔った勢いで一夜を共にして、「本気だ」と言った相手の言葉を真に受けて、自分のほうが重く本気になってしまう。そうして大切な仕事を失い、宝物の親友までも失った。仕事も友達もすべてなくなって、もう、何もない。

歩きながら、すれ違う人と肩がぶつかり「痛ェな、ちゃんと前見ろよ」と怒鳴られた。赤信号に気づかずに歩き続けて「ちょっとあんた！」と強く腕を引っ張られた。ひたすら歩きながら、今回の恋では、どこでどんな計算違いのミスを犯してしまったのだろうと考えた。そうするとやはりあの夜、女ホルが必要以上に発動したせいではないかと思えてきた。

ひたすら歩いてもうこれ以上は歩けないと立ち止まったとき、飛鳥はあるビルの前に立っていた。恋愛クリニック『ラブ×ドック』が入っているビルである。二度とここには来ないはずが、また舞い戻って来てしまった。

飛鳥は救いを求めるようにビルを見上げた。そして再び視線を戻すと、ビルの入り口に冬木が腕組みをして立っている。お馴染《なじ》みの不敵な笑みを浮かべて。

「いらっしゃい、剛田飛鳥。また会えて嬉しいわ」

『ラブ×ドック』の診察室は、ここだけ時空が止まっているのではないかと思うほど一年前とも二年前ともなんら様子が変わっていない。白い革張りの診察チェアに飛鳥が腰を下ろすと、冬木の指示でミッキーがあのピンクの薬が入った注射を持ってきた。

「本当に打つのね？」

決意を確かめた冬木に、飛鳥はこくりと頷いた。

もう恋なんて懲り懲りだ。恋をするたびに大きなミスを犯してしまい、大切なものを失っていく。人生が取り返しのつかないことになっていく。

「痛っ！」

注射はやたらと痛かった。この下手くそっ！

しかし注射を打った張本人のミッキーは済ました顔で「おめでとうございます」と口角を上げる。横目でミッキーを睨みながら、飛鳥は冬木に確かめた。

「これでもう、恋をしなくなるんですね」

「恋しなくなるわけじゃないわ。遺伝子がこの恋は危険だと判断したときに、女ホルを抑制して恋にストップが効くようになるのよ」

「本当に、ブレーキが効くんですね」

「……『ラブ×ドック』、なめんなよ！」

冬木がぬっと顔を近づけて、ウィンクをした。

それからパチンと指を鳴らすと、ミッキーが宝石箱のような小箱を持ってきた。

「何ですか？」

「これをあなたに渡しておくわ。もしも元の体に戻りたくなったとき、この箱の中身を服用して。そうすれば注射の効果は消えて、女ホルが再び発動するようになるわ。でもそれまでは、絶対にこの箱は開けないこと！」

ミッキーから小箱と鍵が渡された。鍵を開けることなどない。女ホルには二度と左右されたくない。金輪際、女ホルと関わりたくないのだから。

「開けること、ないです！」

飛鳥が言うと、冬木はにっこりとうなずいた。

初めて訪れたときと変わらず、診察室の唯一のオブジェであるドーム型の水槽では、色とりどりの金魚たちが優雅に尾びれをひらつかせて泳いでいる。飛鳥にはそのひらひらとした尾びれが、別れのハンカチを振っているように感じられた。

「サヨナラ、もうここへ来ることは本当にないね。あなたは今日限り恋とサヨナラしたのだから」。金魚たちに見送られ、飛鳥は恋愛から卒業した。

処　方　せ　ん

患者	氏名	石原啓二　様	
	生年月日	明・大・㊗昭・平 □年△月▽日	㊚・女

保険医療機関の所在地及び名称

保険医氏名　㊞

交付年月日	平成×年×月×日

処方

恋愛が生まれやすいシチュエーションの法則
恋が始まりやすい条件を把握しておこう！

本日の処方箋は、恋が生まれやすいシチュエーションの法則です。長らく恋から遠ざかっている方は、以下の状況下に身を置くことをおすすめします。しかしこの状況下では恋が生まれやすい一方、本当の恋ではないのに「これが恋だ！」と思い込んでしまう可能性も高いということを忘れずに！

・体の密着度と恋が生まれる確率は比例する
体と体が触れるというのは、どんな言葉よりも脳に刺激を与える。特にマッサージとＳＥＸは紙一重。ハンバーグと大豆ハンバーグくらいの違いしかない。自然に体が触れる相手には恋の勘違いも起きやすいのでご注意を！
ex：美容師さん、看護師さん、マッサージ師さん、ジムのトレーナーさん、ゴルフやテニスや社交ダンスの講師さん

・弱っている度と恋が生まれる確率は比例する
体が弱っているときに看病されたり、心が弱っているとき優しい言葉をかけられたりすると、その相手が素晴らしく素敵に見えはじめ、特別で大切な人だと思いがちになる。入院中に患者が看護師に恋してしまうのは典型的な事例！

・素顔を見せた度と恋が生まれる確率は比例する
年齢を重ねるほど、人は「素顔」をさらすことが減っていく。だからこそ「格好悪いところを見られた」「スッピンを見られた」「普段通りの部屋を見られた」「よれよれの部屋着姿を見られた」など、素顔に準ずるものを見せた相手には格好つける必要がなくなり自然に心を開きがちに。リラックスが恋につながる！

備考

後発医薬品（ジェネリック医薬品）への変更が全て不可の場合、以下に署名又は記名・押印

保険医署名　㊞

調剤年月日	平成×年×月×日

処　方　せ　ん

患者	氏名	潮風トオル 様
	生年月日	明・大・(昭)・平 □年△月▽日　(男)・女

保険医療機関の所在地及び名称

保険医氏名　印

交付年月日	平成×年×月×日

処方

『お酒とスポーツ』　作詞作曲：潮風トオル　原案：冬木玲子

スポーツ　スポーツ　恋を生む
動いて汗かき　恋を生む
自分の強いとこを　ナチュラルにチラ見せが出来る
最高の時が　そこにある
お酒　お酒　恋を生む
酔って火照って　恋を生む
自分の弱いところ　ナチュラルにチラ見せが出来る
最高の時が　そこにある
お酒とスポーツ　お酒とスポーツ
お酒とスポーツ　お酒とスポーツ
強いあなたと弱いあなた　どちらも結局　恋を生む
お酒とスポーツ　お酒とスポーツ
一緒にやれば最高だね　だけどよそ見は要注意！

備考

後発医薬品（ジェネリック医薬品）への変更が全て不可の場合、以下に署名又は記名・押印

保険医署名　印

調剤年月日	平成×年×月×日

第三章　【カルテ3／40歳・黒糖な恋】

1

　この街は山手線の沿線にあるというのに全くもって行動の範囲に入っておらず、飛鳥は三十八歳になるまでここを訪れたことが一度もなかった。初めてこの街に降り立ったのは、だから二年前の夏である。自分の店を持とうと決めていろんな街を歩きまわり、ここに来た。

　この街を歩いたときにまず感じたのは、元気さだった。

　活気があるというより、元気がある。そう感じた。この街では歩いている人たちが皆、健やかな感じがする。そして健やかだから、朗らかで温かい。それが飛鳥がこの街を気に入った一番の理由だ。

　この街は、巣鴨《すがも》という。

今、飛鳥は、ここ巣鴨で自分の店『trad』を営んでいる。

飛鳥の店『trad』は、巣鴨地蔵通り商店街を少し横に入ったところにある。おばあちゃんの原宿と称されるこの街には、連日、多くのお年寄りが訪れ、買い物や食べ歩きをし、高岩寺《こうがんじ》のとげぬき地蔵尊を参拝する。月に三回ほどある縁日ともなれば商店街には露店が並び、お年寄りに限らず多くの観光客で賑《にぎ》わう。

自分の店を持つことが心のなかで腑《ふ》に落ちたとき、頭に浮かんだのが『シンフォニスト』であった。あのような都会的なパティスリーを目指すなら、店の立地は恵比寿《えびす》、広尾《ひろお》、目黒《めぐろ》、青山《あおやま》、といった辺りになるだろう。しかしおそらくそれを目指せば失敗する、その方向を目指さないほうが良いと思った。

そうすると逆に、昔ながらの雰囲気が残る街に魅力を感じはじめた。千駄木《せんだぎ》、根津《ねづ》、谷中《やなか》、そして巣鴨に辿《たど》り着いた。この街は第一印象で元気なところが気に入ったが、現実的な面でみても、物価が安く、交通の便がいいという利点がある。ここでなら長く丁寧に自分の城を築いていけるとピンときた。

店の外装は、最初にイメージした通り、白とターコイズブルーを基調にした。壁は白で、ドアと窓枠とひさしがターコイズブルーだ。ドアノブや外灯はゴールドの真鍮《しんちゅう》。店の看板は木製で、ターコイズブルーの地に、ゴールドの塗料で『trad bake &

cake』と自分で書いた。店先には好きな植物を置いてある。店の中にはショーケースとテーブル席が二つ。もともとの木の梁《はり》を生かして商品棚などの家具は木製で揃《そろ》えた。壁にはドライフラワーを飾っている。

飛鳥はあの夏、千種と絶交状態になってから、マンションに引きこもってパウンドケーキを作りに作った。仕事も失い、友達も失った自分に残ったものは、ただ一つだけ。スイーツを作ることだけだったからだ。おかげで部屋にはバターと卵の匂いが染みつき、調理場と勝手の違う家庭用オーブンでは幾度となく火傷《やけど》をした。日本全国から卵を取り寄せ、食べ比べをしすぎて蕁麻疹《じんましん》が出た。砂糖もバターも取り寄せては食べ比べた。現実逃避だったかもしれない。最低な自分を忘れたかっただけかもしれない。それでもとにかく夢中だった。寝ても覚めても。そうして飛鳥はケーキを作ることで救われていった。

そしてその年の秋も深まった十一月。飛鳥はそれまでの貯金をはたき、国民金融公庫から融資を得て、この『trad』を開店した。あれから一年三カ月。夢中で店づくりに励むうちに、飛鳥は四十歳になっていた。

「うーちーはー、しーおーだーいーふーくーはー、なーいー！」

アルバイトの美咲《みさき》の甘ったるい声が厨房《ちゅうぼう》まで聞こえてくる。ゆっくりと大きな声で話しているということは、お年寄りが来店したのだろう。甘いものを売っているなら塩大福も売っているでしょう、と思われることがたまにある。

飛鳥がキッチンから店を覗《のぞ》くと、なんと老婦人が美咲に「声でけぇんだよ」と舌打ちをして出ていった。この街の老人は元気だ。二月の寒い日だというのに出歩くことを躊《ちゅう》躇《ちょ》しない。美咲は「んだよ！」と小さくムカつきを吐き出して、

「つうか飛鳥さーん、やっぱり巣鴨っていう立地と店が合ってないでしょ」

と、様子を見ていた飛鳥にぼやいた。

「合ってる、合ってる。ね、ゴンちゃん？」

調理台でホイップを混ぜている権田健一《ごんだけんいち》に同意を求めると、「合ってます、合ってます」と権田がおきまりの返事をくれた。

権田健一は、ここ『trad』の記念すべき一人目のスタッフだ。三十三歳だがパティシエにはまだなったばかり。脱サラして専門学校に通い、飛鳥が出した「オープニングスタッフ募集」の広告を見てこの店に来た。コアラのような丸い体格の気のいい男だが、サラリーマン時代はバリバリの証券マンだったらしい。いや正しくいえば、バリバリの証券マンになり切れなかったから、こうして今、ここにいる。

証券マン時代は営業をしていたが噂《うわさ》以上にノルマがきつく、ノルマを達成できないと上司からハラスメントに近い扱いを受けた。それでも我慢して頑張ったが次第に追い詰められて、感情が凍ったようになっていったという。

そんなある夜、会社から帰っている途中に道の向こうで小さなパティスリーが光を放っているように見えた。権田は吸い寄せられるようにその店に入り、苺《いちご》のショートケーキを食べた。すると、一匙《ひとさじ》口に入れたとたん、凍っていた感情が溶けだしてほろほろと涙が出て来た。涙を止めたいがコントロールできない、どうして涙が出続けるか分からないまま、泣きながら食べたという。

「俺、そのとき思ったんですよ。ケーキは人を幸せにする。俺はケーキで人を幸せにしたいって。それでそのまま会社に戻って上司に辞めるって伝えたんです」

飛鳥は話の内容より、そのときを思い出して再び涙を浮かべている権田のさまが印象に残った。権田は目頭を押さえながらこんなことも付け加えた。

「ほんっとにそのケーキ美味《うま》くて。小学校以来、食べてなかったからかなぁ」

「小学校以来!?」

理由を聞くと、それはとても小学生らしい事件だった。小学五年生のとき、「将来の夢」というテーマで作文を書いたそうだ。権田はその頃ケーキが好きで、少しだけ太っていた。「夢はケーキ屋さん」と書いたところ、クラスメイトから「女みたいだ」とからかわれた。「だからデブなんだ」とも。実際は男性のパティシエはとても多いが、そんな反論が浮かばなかった権田少年は、その日を境に「ケーキ屋さんになる」という夢を封印し、ケーキを食べる楽しみまで封印してしまったという。

「まぁ普通にケーキより、ラーメンとか？　そういうのが好きになっていったんすけどね。中学入ってからラグビーやったし」

「志望動機は？」という質問に、自分の半生をときに涙を流しながらここまで語る人は珍しい。腕をつけるのはこれからだが、将来的にいいパティシエになるかもしれない。何より人として信頼が置けそうだと、飛鳥は権田に「それじゃあ最初の仲間になってください」と右手を出し、握手をして採用を決めたのだった。

アルバイトの上田《うえだ》美咲は、権田が入社してから少し後に仲間に入った。開店当初は飛鳥がレジや接客もしたが、それでは手が回らずバイトさんを雇うことにしたのだ。その時は募集広告ではなく、店の外にアルバイト募集のチラシを貼った。この店を一度でも見たことがある人に来てほしいと思ったからだ。

「あのー、ここで働きたいんですけど」

「飛鳥さーん、バイト希望の女の子が来ましたー」

貼り紙を貼ってから一週間後に訪れたのは、ハーフだろうかと見まがうような、細くて長い手脚に、栗《くり》色の髪、透明感のある肌をした美咲であった。鼈甲《べっこう》フレームのクラシック眼鏡《めがね》をかけ、そばかすが少しあるのがコケティッシュだ。

一見して、うちの制服が似合いそうだと飛鳥は思った。『trad』の制服は、麻の白シャツに、薄いグレーのストライプパンツ。そこにデニム生地のカフェエプロンを付け、同じ生地のワークキャップを被《かぶ》る。シンプルでおしゃれだが、着る人によってはこのストライプのパンツがパジャマ感や囚人服感を醸し出してしまうということを、権田を見て飛鳥は知った。店頭に立つ人には、できれば制服をおしゃれに着こなしてほしい。

美咲の志望動機は、権田と比べて至極シンプルなものだった。

「年齢は？」

「二十四です」

「志望動機は？」

「このお店、可愛《かわい》いから」

「ありがとう。うん、それと？」

「かーわーいーいーかーらー、です！」

まだ何か続くだろうと「それと？」と促したのだが、美咲は同じ内容を大きな声でゆっくりと、もう一度言った。

実は飛鳥は美咲のことを覚えていた。二回ほど買いに来てくれたお客さんで、たしか両親とお祖母《ばあ》ちゃんとマーと暮らしているはずだ。なぜ家族構成まで知ったかというと、美咲がケーキを選びながら、「お祖母ちゃんはこれ。お父さんはこれで、お母さんはこれ、マーはこれ」と、どれを誰にあてがうかを小声で決めていたのが印象に残っていたからだ。美咲は二度目に来たときも、家族に一つずつ買っていった。マーはペットかもしれないという考えがよぎったが、ペットにケーキは与えないだろう。兄弟姉妹に違いないと飛鳥は自分のなかで勝手に結論づけていた。

実際はマーは四歳下の弟であることが面接で分かった。そして美咲はハーフではなく巣鴨生まれの巣鴨育ち、生粋《きっすい》の巣鴨っ子であることも分かった。

美咲はお祖母ちゃん子で、八十八歳になるお祖母ちゃんは耳が遠い。だから美咲には大きな声でゆっくり話す癖があり、何かを聞き返されると、ついゆっくりと繰り返してしまうという。変わった癖だと面接のときは思ったが、その癖はこの街で接客をするのにわりと役立っているようだ。

こんな仲間たちと共に『trad』は歩みを進めている。そして最近、新たにもう一人、仲間が増えた。まだ若いが腕のいいパティシエ、花田《はなだ》星矢《せいや》である。

「よーし、よーし、もっと回してやるぞー」

「気合い入ってるね」

張り切ってホイップを混ぜている権田に飛鳥が声をかけると、権田は気をよくしてさらに激しく混ぜたあげく、飛鳥の鼻にホイップを飛ばした。

「あ！」

「……混ぜすぎだろ！」

飛鳥がツッコむと、権田はえへへと笑ってごまかそうとする。

ホイップを飛ばすのは権田の得意技だ。やる気が空回りしがちな権田は、今日もがんばるぞと気合いを入れるだけで勢い余ってホイップを飛ばす。調理台を綺麗《きれい》に使うことも食材を一滴も無駄にしないことも、優れたパティシエの条件だと何度も注意しているが、いっこうに直る気配はない。

「ただいま帰りましたー」

食材の調達から戻ってきた星矢が鼻にホイップがついている飛鳥を見て、

「あれ？　可愛いことしてますね」

と、ひょいとそれを指でさらって口に入れた。

「かわいくないわ」

飛鳥は少しドキリとしながらも言い返す。

星矢は飛鳥の返しに笑って応え、口に入れたクリームを味わいながら権田のボウルを覗き見て、「うん、混ぜすぎっす」と指摘している。

星矢は今から三カ月前、十一月の終わりにふいにこの店に現れた。

それは権田と美咲と『trad』開店一周年のお祝いをした三日後だった。閉店時間を数分すぎて、さぁ店のドアを閉めて掃除をしようかというときに、一人の青年がふらりと店に入ってきた。デニムにパーカー、ダウンジャケットというごく普通の若者らしいカジュアルな格好で、身長の高さと顔の小ささが目立っている。

「もうお店、終わりですか？」

「あ、大丈夫ですよ。ケーキの種類が少なくなってしまいましたけど」

「ここで働かせてもらえませんか」

「……は⁉」

質問と回答のちぐはぐさに飛鳥は一瞬、戸惑った。募集の広告は出していないし、知り合いから紹介するという連絡も来ていない。ちょうどもう一人、パティシエが必要だと思ってはいて、一周年を区切りに雇う算段を立てていたところではあったが、まさかそれを見越して来たわけではないだろう。

「どこかで募集かなにか、見ました？」

「いえ。ここで働きたいなって思って。やっぱ突然じゃダメですか」

「ダメっていうか……」

「これ履歴書です！」

頭を下げて差し出された履歴書を見ると、そこそこ名のあるブラッスリーで四年間の勤務経験がある。四年も勤めたなら見習いの域は超えただろう。うちのような誕生したての店でなく、もっといい店にも行けるはずだ。

「花田星矢君、二十五歳……。どうしてうちに？」

「……この店が、好きだから？」

語尾が少し上がっていた。なぜそこでイントネーションを上げた？

「家から通いやすいですし。僕、この街も好きですし……。ダメですかね……」

星矢の声が、じょじょに自信を失い、小さく弱気になっていった。さっきまでの威勢のよさが影を潜め、いきなり心細そうにみえてくる。

「飛鳥さーん、この間、もう一人パティシエ増やそうって言ってましたよね」

「そうそう、ちょうど良いじゃないですか、飛んで火にいる夏の虫！」

「ゴンちゃん、今十一月だよ。もう冬だよ？」

厨房から覗き見ていた権田と美咲が後押ししてきた。

たしかに広告を出さずに腕のありそうな若者を採用できるのは都合が良い。これから
クリスマスシーズンで忙しくなる。即戦力になってくれるだろう。

「分かった。飛んで火に入る冬の虫くん。なんでウチを気に入ってくれたか知らないけ
ど、あの仲間たちがあなたを受け入れたみたい。よろしくね！」

「よっしゃー！　有難うございます！」

星矢はガッツポーズをして、分かりやすく喜んだ。

男の子、という感じの子だ。

猪突猛進で、でもどこか繊細そう。

屈託のなさと、精悍《せいかん》さと、不器用な優しさを併せ持っている感じがする。

飛鳥が抱いたそんな第一印象は、一緒に働き始めて三カ月が経《た》つ今、ほとんど当たっ
ていたように思う。星矢はその年齢にしては腕が良く、丁寧で繊細なものづくりをする。

舌もセンスも確かなものを持っている。

「さぁ、このケーキ、ジンジャーの他に何が入っているでしょうか？」

ホイップを混ぜすぎて肩をすくめている権田の気分を上げるべく、飛鳥は突然、焼き

あがった試作のパウンドケーキでクイズを出した。ジンジャーパウンドケーキに新たに加えた食材が何なのかを当ててもらうクイズだ。

　権田がまずは一口食べて、回答する。

「バナナ？」

「ブー」

「パイナップル？」

「ブー」

「梨？　いや、マンゴー！」

「ブー、ブー！」

　いっこうに当たらない。すると星矢が一口食べて、

「リンゴでしょ」

「ブー！　ブー！　ブブー！」

　それだけはないねというふうに権田はブーブー言っているが、御名答だ。

「正解！」

「え？　マジ？　うそだろー」

　首を傾《かし》げる権田をよそに、星矢は得意になるでもなく、買ってきた食材を手際よく片

付けて次の仕込みに取り掛かっている。

「ゴンちゃん、センスないな〜」

やりとりを聞いていた美咲が、店から顔を覗かせて権田をからかう。

「そうだ、俺センスないんだよ……。脱サラしてパティシエになるなんて無理なんだよ……。あぁ〜、あぁ〜」

落ち込んだ権田は冷蔵庫に頭を打ち付けはじめた。しかし誰も慌てない。こんな光景はよくあることだ。権田はいちいち力み、いちいちしょげる。おまけになにかと構って欲しがる性格でもある。

「三十過ぎて新しい夢を見つけた権田さん、俺、格好いいと思いますよ」

「いちいち落ち込むなよー」

星矢も飛鳥も慰めるが、権田はいじいじと拗《す》ねている。

「だって美咲ちゃんがセンスないって言うもん」

「だってセンスないんだもーん」

可愛い笑顔でグサリと刺す。美咲にとって権田をいじることはもはや趣味か日課である。権田は、ほら美咲ちゃんがまた言った、酷《ひど》いよな、俺センスあるよな、あるってはっきり言ってくれよ、というふうに星矢に目線で訴えた。

「センスは……ないっす！」

屈託なくバッサリと切り捨てた星矢に、飛鳥も美咲も笑った。

大げさに泣きまねをしようとした権田までも、みんなにつられて吹き出した。

飛鳥はこの店と、この仲間たちが大好きだ。

2

『trad』が誕生して一年四カ月、近ごろ飛鳥が頭を悩ませているのは店の看板商品についてだ。定番のジンジャーパウンドケーキをもう一ひねり改良して、『trad』といえばコレだという、店の顔になる商品を生みだしたい。

ジンジャーパウンドケーキに何を加えたらオリジナリティーを出せるかとあれこれ試作しているが、ピンとくるものがまだ見つけられずにいる。

ジンジャーパウンドケーキを作っていると、千種のことを思い出す。あのやたらと動物のオブジェが置かれていたカフェで、飽きもせずに毎度ジンジャーティーを飲んだ。あのとき千種にレモンを加える案をもらったが、絶交に陥った親友のアイデアを使うわけにはいかない。だからレモンは、まだ試していない。

千種とはあれから連絡を取っていない。『trad』を開店したときにダイレクトメールを千種にも送り、改めて謝罪とお礼を伝えようかとも考えたが、千種にとっては鬱陶《うっとう》しいだけかもしれないと思い直してできなかった。

「なんで巣鴨？」

「ほらあたし、年齢層高めの女性を狙うって言ってたじゃん」

「あー、言ってた。って、年齢層高すぎだろ！」

本当はそんなふうにまたやり取りしたいが、自分が招いてしまったことだ。

とにかく店を軌道に乗せよう。開店してからの三年間が勝負だと思っている。だからこそ、ここで店の看板商品を打ち出したい。

「う～ん……ちょっと違うかな……」

閉店後の厨房で飛鳥が試作のケーキを味見しながら考えていると、ついさっき帰ったはずの星矢が店に戻ってきた。

「お疲れさまです」

「あぁ星矢、どうした？　忘れ物？」

「新作のジンジャーケーキ、黒糖入れたらどうっすか」

「……黒糖かぁ……。それ面白いかも！」

さっそく次に試そうとレシピ集にメモすると、星矢が肩を揉《も》んできた。

「な、何？」

「毎日遅くまでお疲れさまです。最近ちょっと、力入れすぎじゃないですか」

「早くうちの店といえばこれだ！　ってやつ作んないとね」

「できますよ！　飛鳥さんなら！」

そう言って星矢は、飛鳥の両肩にバンッと自分の手を置いた。まるでパワーを分けてくれるように。もしかして私を励ますために、わざわざ店に戻ってきたのだろうか。そう思ったら、ずっと気になっていることを聞きたくなった。

「ねぇ、なんでうちの店で働こうと思ったの？」

「それ、何回、聞いてんすか」

「そろそろ本当の理由！」

「えー？　うーん……」

もうそのことは良くないですかと笑ってかわされそうになったが、今日こそはと食い下がった。すると星矢は仕方ないなぁという感じで口を開いた。

「前のオーナーと揉めて辞めてから、いろんな店を回ってみたんですよ。なんか次は、ここで働きたいって心から思える店がいいと思って」

「それでウチ？　有名でも何でもないのに？」

「一目惚《ひとめぼ》れです」

「は⁉」

「朝、この店の前を通ったら、飛鳥さん、泣きながら店の掃除してたんですよ。そんなパティシエ、初めて見たんです。その時、この人を応援したいって思って。この店で働きたいって思ったんです」

「…………」

泣きながら掃除した朝のことは覚えている。星矢が店に現れる三日前、ちょうど開店一周年の朝だった。泣いたのは一周年という感慨に浸ったからではない。二年目になれば目新しさで来る客は減る。いよいよ勝負だというのに納得のいく看板商品をまだ作れていない。プレッシャーと焦りが押し寄せてきて、それでも仕事も親友も失った末に手に入れたこの店だけは、大切に育てていくんだと思いながら掃除をしていたら、涙がこみ上げてしまったのだ。

「か、花粉症だったんじゃないかな……」

「十一月の終わりですよ。そんな時期じゃありません」

「……そっか」

「これが本当の理由っす。恥ずかしいじゃないっすか」

「……ありがとう」

そんな涙を見られていたとは、こちらのほうが恥ずかしいっす。

すると星矢は肩を揉んでいた手を止めて、

「僕がこの店に来た本当の理由、教えたから……。一回抱きしめてもいいっすか？」

そう言って、ふわりと飛鳥を後ろから抱きしめた。

『ラブ×ドック』であの注射を打ってからというもの、男性と出会っても胸が高鳴ることはなくなっていた。女《じょ》ホルの存在などすっかり忘れて、仕事だけに集中してきた。ところがこの瞬間、飛鳥の女ホルに何かが起きた。女ホルが復活してしまうような、落ち着かない予感を覚えた。

「ちょい、ちょい、ちょい！　四十肩は揉んでもいいけど、こういうの禁止！」

飛鳥は慌ててたしなめた。星矢のことも。女ホルのことも。

「えー。そろそろデートでもしてくださいよ」

「なんだよ、そろそろって」

星矢は笑って、「お疲れさまでした」と、いつものスタッフとしての態度に戻って帰って行った。飛鳥は少し安心した。女ホルの存在は感じたが、発動せずに収まった気がする。あの注射を打ったから大丈夫だ。もう恋に落ちることはない。

3

三月から四月は去年もわりと忙しかった。この時期は入学式や卒業式といった行事があり、結婚式も多いので、パウンドケーキが引き出物として求められることがある。星矢が提案してくれたジンジャー黒糖パウンドケーキは、試作してみると黒糖ならではの渋めの甘さがジンジャーと相性が良く、権田や美咲にも好評だったので店頭に並べることにした。並べてひと月。じわじわと売り上げは伸びてきている。

あの夜、星矢に抱きしめられてから、飛鳥は少しだけ星矢を意識してしまうようになった。星矢もそうらしく、働きながら互いに目が合うことが増えた。

「よーし、気合い入れるぞー!」

開店して一時間だというのにもう気合いが切れそうなのか、権田が冷蔵庫から栄養ドリンクを出して飲んでいる。権田は最近、「亀《かめ》ハメ覇大王《はだいおう》」という栄養ドリンクに嵌《はま》っていて、店の冷蔵庫に何本か「ゴンちゃんの」と印をつけて常備している。

「来た、来た、来たー!」

飲むとすぐに活力が湧く、即効性が凄《すご》いのだと権田はそのドリンクを気に入っているが、飛鳥は気分の問題だろうとふんでいる。それでも権田が店のために気合いを入れてくれているのだから、オーナーとしては有難い限りだ。

「飛鳥さんも、亀ハメ覇大王、いきます？」

「それ、オッサンが精力つけるために飲むもんでしょ？」

そんなやりとりをしていると、今朝からやたらと鳴りまくっている電話に美咲が慌ただしく応対し、電話を切ると厨房へやってきた。

「飛鳥さん、また問い合わせです。いきなりジンジャー黒糖大人気です！」

「今朝から三十件くらい問い合わせ来てるでしょ」

黙々と作業をしていた星矢が美咲に確認すると、

「今ので三十二件目！」

そう言って美咲はチェックしていた紙に、正の字の棒を一本加えた。

「なんでだろ？　急に」

店のホームページに新商品のお知らせを載せたからだろうか。それにしても、いくら卒業や入学のシーズンだからといって、こんなに反応があるだろうか。

あれこれ考えていると、美咲がタブレットを飛鳥に差し出した。

「え？　飛鳥さん、これ見てないんですか」

美咲が差し出したのは淡井淳治のインタビュー記事で、そのなかの美咲が指さしたところには、なんと「剛田飛鳥」という活字が躍っている。

「淡井さん……。え、あたし⁉」

驚いている飛鳥に向けて、美咲は記事を読み上げた。

「僕が後悔しているのは、剛田飛鳥というパティシエを手放したこと。彼女の作るケーキには、人を幸せにする力がある……！」

今朝から急激に問い合わせが増えたのは、紛れもなく、影響力の強い淡井の発言によるものだと合点がいった。飛鳥は時計を見て、

「ごめん、ちょっと行ってくる。すぐ戻るから」

と焼きあがったパウンドケーキを袋に入れて、制服のまま店を出た。

店を飛び出していった飛鳥の横顔は、星矢にとって今まで見たことがないものだった。飛鳥が突然、知らない人になってしまうような感じがした。星矢は出て行った飛鳥を目で追いながら落ち着かなさを感じていた。

『シンフォニスト』の敷居をまたぐのは三年ぶりだ。淡井とのあの痛すぎる別れのとき、

逃げるようにここを出た。惨めな気持ちを小鍋に込めて淡井に投げつけたあの日から、この職場を失ったことがどれだけ大きな損失だったかを思い知らされながら過ごしてきた。

　今でも不倫に陥った自分はバカだと思うし、妻がホストに嵌っているだのと陳腐な嘘《うそ》をついていた淡井のこともどうかと思う。しかしあれから、飛鳥はずっと後悔していたことがある。あれだけ世話になった淡井に、別れのときに感情を思うままにぶつけただけで、感謝の気持ちを伝えずに出て来てしまったことだ。

　不倫どうこう以前に、飛鳥は十年間この店で修業をさせてもらい、育ててもらった。ここで身につけた技術が今の自分を助けてくれていることは、店を開いてからひしひしと感じている。

　通用口から厨房に入ると、皆が作業しているなか淡井と大木が打ち合わせをしている。風の便りではあの後、自由が丘店のチーフには大木が就任したと聞いた。今日はたまたま淡井との打ち合わせでこの本店に来ているようだ。飛鳥に気づいた元同僚たちがざわつきはじめ、そのざわつきで淡井と大木がこちらを見た。

　飛鳥の動向を窺《うかが》っている淡井の視線、よくも来られたもんだと言いたげな大木の冷たい視線を浴びながら、飛鳥は調理台に、『trad』のジンジャー黒糖パウンドケーキを差し出した。

「……これ、うちのケーキです」

「ケーキなんか持ってきて、喧嘩《けんか》売りに来たの？」

大木は相変わらず挑戦的で上から目線でけしかけてくる。そんな大木に今は張り合う気持ちはないいし、カチンともこない。

「いえ。食べてもらえれば分かります」

「どういうこと？」

「私の腕は、皆さんに比べたら何にもかないません」

大木がきょとんとした。調子がずれたようで目をしばたたかせている。

「でも……。いつか皆さんに認めて頂けるよう、努力します」

そうして飛鳥は、本来ならば三年前にすべきだったことをした。

「皆さん、十年間、本当にありがとうございました！」

十年間の恩に感謝して深く頭を下げた。ここでの十年がなければ今の自分は存在しない。大木と意地になって張り合ったからこそ身についた技術もあった。お客様を魅了する安定した味、且《か》つ飽きさせないサプライズな味をコンスタントに生みだしている『シンフォニスト』の足元にはまるで及ばないが、かつてここの一員であったことに恥じないよう、努力を続けようと思う。

　頭を上げると、さっきまでこちらを睨《にら》んでいたはずの大木の表情が変わっていた。

「変わったね、あんたも」

　大木は初めて、飛鳥を少し認めたような顔をした。

　淡井は終始何も言わずに飛鳥を見つめていた。飛鳥は再び一礼をして、『シンフォニスト』をあとにした。

　店を出て歩きながら飛鳥は胸のつかえがおりた感じがした。勇気を出して来てよかった。そう思いながら駅の方へ向かう坂道を上っていると、後ろから呼び止められた。

「飛鳥、待ってくれ！」

　振り返ると、淡井がコックコートのまま飛鳥を追ってきた。

「淡井さん……」

「別れたんだ、妻と……」

「……え……」

「店に戻ってきてほしい。そして今度は堂々と俺と……」

　驚いた。あの奥さんと別れたなんて。私のせいだろうか、奥さんは結局、淡井の浮気を許せなかったのだろうか。それともあの頃、妻とは別れるつもりだと言ったのは嘘ではなく、やはり淡井の本心だったのだろうか。

そして飛鳥は同時に自分自身にも戸惑いを覚えた。淡井への気持ちはすっかり冷めているはずなのに、なぜか揺れる自分がいるのだ。これは愛情ではないのかもしれない。淡井に揺れているのは、三年前に報われなかった自分かもしれない。

「待ってる……」

そう言う淡井に、「それは困る」と突っぱねることができない。三年前の自分に心を占領されそうになる。淡井という天才のそばで刺激と感動を得られた日々。天才に愛されることに酔いしれた日々。今の淡井となら、もはや不倫にはならない。誰に隠す必要もない。三年前の心が淡井のほうへ揺れていく。

そのとき、坂の上から呼びかけるような声が聞こえた。

「待ってるとかいう言葉、ズルいと思うんですけど！」

声の方を見上げると、ちょうど逆光になっていて影にしか見えない。しかしすぐに目が慣れると、それが星矢であることに気がついた。

「あ、彼氏？」

「いえ……」

坂の上から呼びかけた星矢は、まっすぐに飛鳥のところまで歩いてきて、

「彼氏志望です」

と、淡井に堂々と言い放った。

飛鳥は気まずくなってしまい、星矢に「行こう」と促して立ち去ろうとした。

すると淡井が飛鳥の手を、行くなよ、というふうに摑《つか》んだ。

「飛鳥、もう少し話をさせてくれ」

「………」

「ダメだよ！」

淡井をはっきりと拒絶したのは、星矢だった。

「本気で好きになったなら、笑顔を奪うようなことしないであげてくださいよ」

星矢は自分より三十も年上の淡井に、真正面から抗議した。

そして淡井は、目の前の生意気な青年がぶつけてくる正論に何も返せないでいる。

「星矢、行こう」

淡井に背を向けて歩きだそうとすると、星矢が飛鳥の手を摑んだ。飛鳥さん、しっかりしてください、俺はこのまま離さないから。そう言われているようだった。

星矢のおかげで三年前の自分に引きずられずにすんだ。今の自分が大切にすべきものを見失わずにいられた。飛鳥は星矢の手をふりほどかずに、淡井のほうを振り返ることなく、前だけをみて坂道を上った。

4

淡井のところで星矢に手を引かれたとき、飛鳥は胸がとても高鳴った。女ホルが発動したのか何なのかは分からない。ただ、今までの恋で経験した胸の高鳴りとはまるで違うものだった。

今までのそれは、ほんの少しの危険な香りや、翻弄される戸惑いや、魅惑的な甘美さを含んでいたように思う。けれど星矢と手をつないだときのそれは、もっと明るく、温かく、確かで、いうなれば幸せというイメージが似合うものだった。

だから、「そろそろホントに一回くらいデートしてくださいよ」と言った星矢からの誘いを受けてみることにした。

「あくまでデートじゃないけど。どこ行こうか？」

そう応えると、断られる流れを想定していたのか、星矢は「え？　ええ？」と飛鳥を二度見して、「マジっすか。じゃ、次の定休日でどうっすか。どこ行くかは……。ちょっと考えさせてください！」と、分かりやすく張り切った。

「わぁ〜。気持ちいいー！」

今、飛鳥は、房総《ぼうそう》半島の海岸沿いをオープンカーの助手席に乗って走っている。きらめく海と、道路沿いに咲き誇る菜の花やポピーが春を感じさせる。

今日という日が来るまでの五日間、星矢からは幾度となくメールが来た。

「車酔いとか大丈夫ですか？」

「嫌いな食べ物ありますか？」

「海、山、川、どれが好きですか？」

「体育会系ですか、文化系ですか？」

「好きな色は？」

「天気良さそうですよ、楽しみですね」

心理テストかと思うような質問もあったが、飛鳥は一応、いちいち答えた。

星矢は相当気負ったようで、オープンカーをこの日のためにレンタルし、ドライブデートを計画した。オープンカーの色は赤。飛鳥が好きな色から選んだそうだ。

そして格好も気負っている。いつもはデニムにトレーナーかパーカーなのに、今日はチェックのジャケットを羽織って登場した。

「なにそれ。いつもと全然ちがうじゃん！」

飛鳥がつい笑いながらツッコむと、

「いいじゃないすか。俺、今日はちゃんと、すげーいろいろ考えてますから」

と照れながら助手席のドアを開けてくれた。その一生懸命さが可愛くて、思わず吹き出してしまいそうになったが堪《こら》えた。実は自分も、けっこう気負って今日という日を迎えたのだ。二十五歳の男子の隣を歩くのだから老けて見えないように、と。二十五歳と四十歳が出かけるのだ。そりゃあ互いに気負うだろうし、よく考えるといろいろと申し訳ない気にもなってくる。

現に今、飛鳥は星矢のせっかくの演出を、四十という年齢のせいで素直に楽しめないでいる。オープンカーで風を受ける心地よさはとっくに去り、もはや寒くてしかたないのだ。四十女に冷えは大敵。ジンジャーティーが今こそ欲しい。

ちらりと運転席の星矢をみると、全く寒くなさそうに、「フーッ。気持ちいいっすねー」と言いながら歌を歌っている。

「あ！　ちょっと景色見たい。海、ゆっくり見たいな！」

飛鳥は風を受ける辛《つら》さに耐えかねて、車を停《と》めて景色を見る提案をした。

「いやーでも、四十過ぎには春のオープンカーは冷えるわー」

車を降りてから本音をこぼすと、星矢は気づかなくてごめんというふうに飛鳥の冷えた手を両手で包んだ。

「冷えちゃいましたね」

「で、ここからどうするの？」

とっさに手を抜き、飛鳥は慌てて話題を変えた。

「これから飛鳥さんとのデートコースを発表します！」

「くれぐれもデートではないけどね」

「まず、ゲームセンターに行って。それから鴨川《かもがわ》シーワールド！」

「なんでシーワールドの前にゲーセンに行くのよ」

「お互いの気持ちを一つにしましょう！」

「なんだよ、それ」

星矢が気持ちを一つにするために予定していたのは、太鼓の達人であった。

平日の人もまばらなゲーセンで、四十女が二十五歳の男子と太鼓を叩《たた》く。

客観的にはシュールな光景かもしれないが、叩いてみると、これが楽しい。

「俺についてきてくださいね！」

「はい！」

どうついていくのだと思いながらも、「行きますよ、せーのっ」と始まった。

同じ音楽に合わせて、同じリズムを刻んでいく。正面をドンと叩くときと、縁をカッと叩くとき、連打するとき、どんなときも星矢は飛鳥をエスコートした。

「はい、かっかっか！　かっかっか！　ドン！　かっかっ、ドン！　ドン！」

「いっぱい来た！」

「連打、来ましたよー！　打ちますよー！」

こんなにゲーセンが楽しいものだとは自分でも衝撃だった。たぶんゲームが楽しいのではない、星矢とだから楽しいのだ。

「うわー、エイだ。すげぇー。でかいー！」

デートプランの通りに、ゲーセンの次は鴨川シーワールドに来た。ここは房総半島の南東部にある水族館で、館内展示だけでなく、広い敷地を生かしたダイナミックなシャチショーが見ごたえがあって人気だという。

目の前の大水槽では、数えきれないほどの種類の魚たちが群れを成したり単独で悠然と泳いでいたりと海の中を再現している。その中で、エイがまるで大空をパラセイリングで回遊しているかのように目の前を横切っていった。下からエイを見上げると、腹の方にある恵比須様のような顔がおもしろい。

「飛鳥さん、エイの恵比須顔の目の部分、本当は目じゃなくて鼻の穴なんですよ」

見直すと、なるほどエイの本当の目は背中側についていた。

「ほんとだ。星矢、詳しいんだね」

「うちシングルマザーで、母親が仕事で忙しくて。夏休みとか、長い休みになるとたまに一人でふらっと水族館に来たりしてたんですよ」

「そうなんだ」

星矢が母一人子一人で育ったなんて知らなかった。だから星矢は優しいところがあるのかも、繊細なところがあるのかもしれない。

そんなことを考えていると、星矢がふらりと離れて行った。

「お兄ちゃんがしてあげようか？」

お母さんに肩車をねだっていた幼い男の子に星矢が話しかけた。四、五歳にみえるその男の子は、お父さんに肩車をしてもらっている他の子を見て、さっきから「僕も！僕も！」と、ねだっていたのだ。

見知らぬお兄ちゃんからの助け船に、男の子は目を輝かせた。

「本当？」

「いいんですか？」

男の子の母親は恐縮しながらも救われた様子だ。

「いいですよ、よいしょ！」

星矢が軽々と肩車すると、男の子は目を輝かせて大水槽を見た。

「すごーい！」

「ほらー！　エイだよ、サメもいるよ、おっきいねー、食べられちゃうぞー」

星矢の肩の上で、子供がキャッキャとはしゃぐ。

もしかしたら星矢も幼い頃に、こんな風にお父さんに肩車をしてもらいたかったのかもしれない。微笑《ほほえ》ましい光景を見ながら、そんな風に飛鳥には思えた。

ペンギンやアシカも観てみようと、館外のコーナーも歩いてみることにした。

外に出ると、すぐそこは海だ。海面がきらきらとまぶしい。まだ春なのにサーフィンをしている人がちらほら見える。海辺を散策している人もいる。

「ちょっと腹すきません？」

「あっちー」

星矢の提案で、二人は売店で肉まんを買った。

「おっきいね」

「はい、あ〜んしてください」

「自分で食べれるってば」

「人に食べさせてもらったほうが美味いんですって。ほら、あ〜ん」

絶対に手渡してくれない勢いなので、飛鳥は照れつつも仕方なくあーんと口をあけた。

めちゃくちゃ恥ずかしいけど、めちゃくちゃ美味しい。

「じゃあこんどは星矢ね」

お返しに、飛鳥が肉まんを星矢の口元までもっていく。そして星矢がかぶりつくその瞬間、ひょいと取り上げ、飛鳥は自分がパクついた。

「それズルい。期待させておいてのそれはズルい！」

「分かった、分かった。今度こそあーん」

星矢がさっきより大きな口を開けて肉まんを待つ。かぶりついて、

「うん、うまい！」

満面の笑みだ。こんなに全身で楽しんでくれると、こちらが幸せになってくる。

熱帯魚が展示してあるゾーンは、万華鏡を覗いたような色鮮やかな世界だ。青、黄色、紫、赤といった色とりどりの熱帯魚と共に、ウミガメが悠然と泳いでいる。

「綺麗だなぁ」

飛鳥は水槽に手を当てて、顔を近づけて海の中にいる気分で魚たちに見入った。すると星矢が同じように隣に立ち、手を重ねてきた。ドキリとして飛鳥は自分の手をずらした。けれど完全には離れなかった。本当は触れていたい。だから小指と小指だけ触れているところで、手を止めた。

飛鳥はまた胸が高鳴った。もう本当に私は恋をしないのだろうか。あの注射は恋しなくなるためのものじゃない。危険な恋に落ちそうになったときに遺伝子がその恋を止めてくれるもの。だとしたら、遺伝子が認める恋もある？　もう少し星矢に心を開いても大丈夫だろうか。

小指と小指が触れている体勢を、いつどう変えたらよいか分からないでいると、タイミング良く館内アナウンスが聞こえた。

「まもなくシャチショーが始まります。皆さま会場へお越しください」

「あ、シャチショーだって。行ってみようよ」

手を離したのは、かすかに飛鳥のほうが先だった。

開演ギリギリでシャチショーの会場に着いたわりに、前列の真ん中あたりの客席ががらりと空いていて、二人はその特等席に座った。どうしてこんな良い席に誰もいないのかと二人で首を傾げながら、ショーは幕を開けた。

シャチは想像していたよりも大きくて迫力があった。トレーナーを背中に乗せたり、鼻先に乗せたまま泳いだり、はたまた水中からトレーナーをジャンプして押し上げたりと芸達者。息の合ったパフォーマンスだ。

「でっか〜！」

「カワイイ！」

「飛鳥さんのほうが可愛いですよ」

「何言ってんのあんた」

そう返したとき、シャチが迫力満点の勢いで飛鳥と星矢の目の前まで泳いできた。

「来た来た来たーーーー！」

そして飛鳥と星矢の前で、大ジャンプを見せた！

「すごーーーい」

華麗なる大ジャンプだ！

二人が身を乗り出して目を輝かせ、拍手の準備をした瞬間、ザバババババーーーンと大量すぎる水しぶきが二人の身にふりかかってきた。まるで激しい滝行のように水に打たれ、二人は全身、ずぶ濡《ぬ》れになった。

観客たちは二人のずぶ濡れには目もくれず、シャチのダイナミックなジャンプに歓声と拍手を送っている。飛鳥は水をぬぐいながら、ふと目の前の水槽の壁面に、「前列席は水がかかります」という貼り紙があることに気がついた。そうか、だからこの辺には誰も座っていなかったのか……。

「何で気づかなかったかな……」

「すぐ着替え買ってきます……」

目の前の貼り紙にも気づかないほど、二人とも浮かれていたようだ。

シャチの水しぶきを全身にかぶるというハプニングに見舞われたが、その後で星矢が用意した着替えも、飛鳥にとってはなかなかのハプニングだった。

それはなんとタオル地の赤いジャージであった。上はパーカーで下はハーフパンツ。しかも二人して同じものに着替えるので完全なペアルックになる。ダサい……。一応ファッションは好きなのに。できれば誰にも見られずに帰りたい……。

しかし星矢はあまり気にしていないようで、「じゃ、次行きましょうか」といそいそと車に乗り込む。そうだ、オープンカーだった。見られるじゃん、大勢に……。

せっかくのオープンカーだが、いろいろと辛いので帰りは屋根を閉めてもらうと、それなりに快適にドライブを楽しめた。星矢が「最後はとっておきの場所です」と連れて来てくれたのが、『寂しい熱帯魚』という熱帯魚店だ。

「ここ熱帯魚屋でしょ」

「僕行きつけの熱帯魚の観られる、バーです！」

店に入ると、沢山の水槽が所狭しと棚に並び、色鮮やかな熱帯魚がちらちらと泳いでいる。その一角でニット帽をかぶりはんてんを着た、浪人生のような丸眼鏡のおじさんが熱帯魚に餌をあげていた。五十歳前後に見えるが、熱帯魚を愛《め》でる瞳は少年のようだ。

「ウオさん、うぃっす！」

「おー、星矢。うぃっす！」

星矢はたまにここに来るようで、店長のウオさんこと魚住《うおずみ》とは、気心の知れた仲らしい。

「こんばんは」

と飛鳥が挨拶をすると、魚住は飛鳥と星矢のペアルックに気がついた。

「イカしたの着てるなぁ！」

ちょっと、ちょっと。できれば触れないでほしかった。星矢は屈託なく「分かります？」なんておちゃらけている。誤解を解かねばと飛鳥は妙に必死になった。

「これ私服じゃないですよ。シャチのせいです。シャチのせいですから」

「あれ？　彼女できた？」

「僕の働いてる店のオーナーさん」

「これシャチのせいですからね」

「あ、これ、ウオさんにも。はい、ビール」

「いつも悪いね。好きにして」

「ありがとうございます！　飛鳥さん、行こう！」

「これシャチのせいですからね！　シャチのせいですから！」

　飛鳥の釈明は完全に素通りされたまま、星矢に連れられて店の奥にあるＶＩＰルームに向かった。入り口には暗幕がかかっている。

「ここです、どうぞ！」

　と、星矢が暗幕を開けてくれて部屋に入ると、大きな球形の水槽のなかで美しい熱帯魚がそれぞれの色を発光させながら泳いでいる。水槽はライトアップされていて、暗闇のなかにぷかりと浮いているように見える。幻想的な世界だ。

「うわ、綺麗～！」

「でしょ？　ウオさんのこだわり！」

水槽の前のソファに座ると、星矢がビールを二缶、差し出した。星矢の分は運転するからとノンアルコールビールだ。

「乾杯！」

「うめぇー！」

「最高だね、このバー！」

飛鳥が熱帯魚に見とれていると、星矢が甘えるように飛鳥の肩に頭を寄せた。

「ちょいちょいちょいちょい」

飛鳥が星矢の頭を押し戻すと、星矢は少し寂しそうな顔をして、

「え……。じゃあ、こっち」

と、今度は飛鳥の頭を引き寄せ、星矢の肩に寄りかからせた。「ちょっと……」と戻ろうとしたが、星矢の手に阻止された。飛鳥はそのまま星矢の肩にもたれながら熱帯魚を眺めた。星矢の肩の居心地は、とても良かった。

「僕のこと、好きですか、嫌いですか」

星矢がさっきまでとは違う真剣なトーンで聞いてきた。

「え、二択？」

少しふざけてはぐらかすように返したが、星矢の真剣さは崩れない。

「はい、二択です。嫌いなら……諦めます、きっぱりと」

飛鳥も星矢も、熱帯魚のほうを向いたままだ。だからどんな表情で話しているのかは互いに見えない。だからこそ飛鳥はかっこつけずに、十五歳も年下の星矢に本音を打ち明けられたのかもしれない。

「怖いんだよね……。三十代後半を過ぎてから、人を好きになってはその度に大切なものを失ってきたから。だから、怖いんだ」

星矢はしばらく間をおいてから口を開いた。

「自信のない人を見てると、自信つけてあげたいって思っちゃうんですよね」

「それって。好きっていうのとはちょっと違くない？」

「ダメですかね。人の好きになり方が、人と違ったら」

「……ダメではない」

ダメなわけがない。恋する理由も、きっかけも、人それぞれだ。

今日一日、星矢と過ごして、沢山笑っている自分に気がついた。ゲーセンも、オープンカーも、肉まんのあーんも、赤ジャージも。どれも四十女にとっては気恥ずかしくて馴染《なじ》めないものだと思う。でも、星矢とだから楽しかった。どんなシチュエーションも、ツッコミを入れながらも本当は十分に幸せだった。

そんな思いを伝えるべきか躊躇していると、星矢が先に口を開いた。

「言いたいこと沢山あるんですけど、今言いたいことは……」

「……言いたいこと？」

飛鳥は、姿勢を戻して星矢を見た。星矢は飛鳥をまっすぐに見つめた。

「今は、キスしたいっす」

「………」

「こいつらに見せつけてもいいですか」

星矢は熱帯魚を指さした。飛鳥がどう答えていいか躊躇していると、星矢がそんな迷いを、一言で振りほどいた。

「好きです……」

二人はキスをした。

鮮やかな熱帯魚たちが、二人の恋のはじまりを祝福していた。

5

四十歳を過ぎても、職場で恋をすると床から五ミリ浮いている気分になるものだ。好きな人がそばにいる。働いている姿を垣間見《かいまみ》られる。ふとした時に目が合ったり、笑顔を見せたり、ちょっとした視線や会話でじゃれあったりできる。

恋をすると景色が変わって見えるというが、飛鳥はそんな感覚を久しぶりに思い出している。無機質な器具だらけの調理場が、さすがにバラ色というのは気恥ずかしいが桜色や桃色とでもいおうか、幸せな色味がかって見える。

星矢とは、店にいる間は、オーナーとスタッフという関係のけじめのある態度を崩していない。しかし店を出れば年の差も関係なく自然体だ。星矢といると自然と肩の力が抜けていく。それでいて前を向いて頑張れる。

あの春のデートから三カ月。季節は夏になり、七月に入ると梅雨《つゆ》明けと同時にぐっと暑い日が続いている。ジンジャー黒糖パウンドケーキの人気も、この夏の気温と、飛鳥と星矢の恋の温度に比例するように上昇している。

「ジンジャー黒糖、追加お願いします！」

今日もこれで三回目のローテーションだ。保存料や梱包《こんぽう》の工夫といった課題も出てくるが、そのうちネット通販にもトライしようかと展望は広がっていく。美咲も張り切っているし、権田も相変わらず亀ハメ覇大王を片手に頑張ってくれている。

「よーし、追加頑張るぞー。完全にブーム来ちゃったんじゃないですか？」

「ブームじゃなくて、これが定番になったんですよ」

そう星矢が言うと、美咲が「あ！」とひらめいた。

「ジンジャーレモン作ったら人気高いと思う！」

「あ、俺もそう思う！」

権田が乗った。

ジンジャーレモンパウンドケーキ。

千種のことが思い出される。自分の店を出したほうがいいと勧めてくれたこと。融資やテナントの情報を駆けずり回って集めてくれたこと。「ジンジャーにレモンとか載せたりしたら、大好物でしょ」とレモンを加えるアイデアをくれたこと。

あの夏からちょうど二年。千種はどうしているだろう。

「悪くないけど、普通過ぎて乗らないかなー」

絶交に陥ったままの千種の案を、やはり頂戴するわけにはいかない。

「僕もそう思います！」

権田はすぐさま乗り換えた。美咲は権田の裏切りを見逃さない。

「いま、あたしの方に乗ってたじゃん？」

「乗ってないよ」

「乗ってた!」

「乗っていないよ」

「乗っていましたー」

「乗ってませんー」

「乗ってたよ、ゴンちゃん!」

たまりかねて美咲は権田を小突いた。美咲だって、『trad』のことを考えてアイデアを出してくれたのだ。

美咲ちゃん、ごめん。すごく良い案なんだけど。

権田と美咲の小競り合いを聞きながら、飛鳥は心のなかで詫《わ》びた。


その日の閉店後、売り上げの確認を終えると、千種のことがまだ気にかかっていた飛鳥は、久しぶりに千種のブログをタブレットで覗いてみた。

グルメブロガーとして変わらずに頑張っているようだ。最近、引っ越したらしいこともブログから窺われ、もう幸せ橋の近くには住んでいないのかもしれないと思うと、勝手だが少し寂しくなった。店に親子連れがくると、千種と能子が来てくれたかとつい期待してしまうが、いつもそれは人違いで終わっている。いつかそんな日が訪れるように頑張ろう。

今の自分には守るべき店があり、信じている恋人がいる。今は今あるものを大切に育てていこう。そんな決意を新たにして千種のブログを閉じて顔を上げると、私服に着替えた星矢が携帯をいじりながら更衣室から出て来た。

「あ、星矢」

「はい」

「一緒に帰ろうか」

「あー。今日ちょっと飲みに行く約束してて」

「あ、そうなんだ」

「お疲れさまでした」

「うん、お疲れさま」

星矢はごく普通に挨拶をして通用口から出て行った。

こんな日もあって当然だ。今までにもそういう日は何度もあったし、用事が済めば、星矢は自分の家のように飛鳥のマンションに来たりする。そしてあの赤いジャージの部屋着に着替え、一緒に過ごす。だから今のはなんてことのない、お互いさまのよくあるやりとり。なのに今夜だけ、なぜか心に引っかかった。

ま、いっか。気のせい、気のせい。

いったい何が気のせいなのか、出どころの分からない胸騒ぎをかき消していると、権田が帰り支度を済ませて厨房へ来た。

「飛鳥さんももう帰りますか」

「うん、帰ろっか」

権田と駅まで向かうことにした。

巣鴨地蔵通り商店街の夜は早い。昼間の喧騒《けんそう》はどこへやら、夜の七時にもなれば開いている店はまばらになる。

「飛鳥さん、実は俺、ときどき一人で飲んで帰ってるんですよ。でもやっぱり一人じゃ全然美味《おい》しくないんですよね、つまんないし」

「そうだよね」

「だから時々飲みましょうよ。どこ行きましょうか。焼き鳥、もつ鍋、あ、飛鳥さん、どじょうって食べたことあります？」

他愛ない話をしながら、飛鳥は何の気なしに商店街の横道から続く境内のほうを見た。

その瞬間、飛鳥は呼吸が止まってしまうかと思った。

飛鳥の視線の先、境内に星矢がいたのだ。しかも若い女の子ととても近い距離で向き合っていた。

薄暗いなかでもそれが〝若い女の子〟だと分かったのは、その子がオフショルダーのブラウスにミニスカートという、四十歳の自分には到底無理な服装をしていたからだ。

飛鳥は目を疑い、気が動転しながらしばらく歩き続けたが、権田の声はどんどん遠くなっていき、代わりにドクンドクンと心臓の音が大きく鳴り始めた。

「ご、ごめん。ゴンちゃん、先に行ってて。私、ちょっと忘れ物……」

「え？」

「すぐ追いかけるからさ、ゴメン！」

「あ、はい」

平静を装って別れを告げ、飛鳥はさっきの路地まで戻った。

見間違いであってほしいと祈りながら境内のほうをもう一度見ると、そこにいたのはやはり星矢であった。そして今、若い女の子が星矢の胸に顔をうずめた。

飛鳥は震える手でスマホを取り出し、星矢に電話をかけた。

星矢はポケットからスマホを取り出して着信を確認したが、出ることはなく、そのまま仕舞いこんだ。その瞬間、飛鳥は嫉妬という感情に自分を丸ごと奪われた。

飛鳥は手にしていたスマホを、おもむろに星矢のほうにかざした。

スマホは指に反応して、カシャリ、と鳴った。

その夜、飛鳥が帰宅してから一時間ほどあとに星矢がマンションに帰ってきた。星矢はリビングに入ってくると、深刻な表情でスマホを見つめている飛鳥を見て、いつもと様子が違うことに気づいたようだ。

「ただいま……」

飛鳥の反応を窺うように少し後ろめたそうに声をかけてきた星矢に、飛鳥は何も言わずにスマホを差し出し、さっき撮ったばかりの写真を見せた。星矢は、そういうこと、飛鳥さんするんだ、とでも言いたげな意外そうな瞳で飛鳥を見た。

「……見てたんだ」

「………………」

「あれは、前に付き合ってた彼女で、それで……」

「なんで最初に正直に言わないのかな」

星矢の言葉を遮り、感情を抑えて言った。言い訳を聞く気にはなれなかった。

「言ったら気にするかと思って……」

怒りの感情が湧きあがった。何を気にすると思った？　元カノが若いってこと？　それを知って私が十五歳も年上だってことを卑下すると思った？

「優しさ間違ってるよ！」

「…………」

「……別れよう」

星矢が少し青ざめたことに気づいたが、飛鳥は続けた。

「ていうかそもそも付き合ってないか。何回かセックスしただけ的な？」

「僕、飛鳥さんのこと傷つけたかもしれないけど、飛鳥さんのこと……」

「なんか理由があるんだって思いたいよ。理解したい」

感情がこぼれると、涙もこぼれてきてしまう。なんて嫌な言い方をしているのだろう。醜い女なのだろう。もはや星矢よりも、こんな嫌なことを言っている自分から逃げ出したい。

「だけど現実にはさ、探偵みたいにカメラで撮っちゃってる自分がいて。そんな自分がどれだけ嫌いか分かる？　本当はそんなの嫌なんだよ」

「…………」

「いつか……あなたは私と別れる。きっと。だったら今のうちに離れておきたい」

「…………」

「私のことを幸せにしたいなら、私の前からいなくなってほしい。お願いします」

「…………」

必死に感情を抑えながら話したつもりが、やはり抑えきれなかった。涙がとめどなく頬をつたった。自分のことがどうしようもなく嫌だった。

星矢は黙り込んでしまった。そして傷ついた表情で目を伏せて、飛鳥の部屋の鍵をテーブルに置いて出て行った。


翌日、飛鳥は抜け殻のようになりながらも、店だけは開けなければならないと自分に言い聞かせ、いつも通りに出勤した。店について朝の掃除をしていると、仕込みの時間に権田は来たが、星矢は姿を現さなかった。当たり前だ、「私の前からいなくなってほしい」と頼んだのは自分なのだから。

昨夜、出て行く星矢の背中を見ながら、別れようと言ったことをすぐに後悔した。追いかけて、今のはなかったことにしてほしいと言いたくなった。

でも、追いかけなかった。いつか星矢に嫌われて捨てられる。そんなことを想像したら怖くて仕方がなくなった。それなのに、嫌われる自分が簡単に想像できてしまったのだ。十五歳も年上ということだけじゃない、嫉妬にかられて密会現場の写真を撮るという醜さをさらしてしまったからだ。

嫌われるくらいなら、その前に自分から捨てよう。負う傷を少しでも浅くするために、そう無意識に判断したのだと思う。

「星矢君、なんで急に辞めちゃったんですかー？」

「そうですよ、俺らそんなの聞いてないっすよ」

「昨日までそんな感じじゃなかったのに。ねぇゴンちゃん？」

「そうですよ、辞めるとか言ってなかったですよ」

権田や美咲は、星矢が突然に辞めてしまったことを心配したが、飛鳥は努めてあっけらかんと、有無を言わさない態度を貫いた。

「辞めてった人のことは忘れよう！　前を見よう、前を！」

二人に言いながら、必死に自分自身に投げかけた。そんな飛鳥の決意を理解してくれたのか、二人とも星矢のことには日を追うごとに触れなくなった。もしかしたら飛鳥と星矢の間に何かあったのだということを察してしまったのかもしれないが。

別れてから一週間、飛鳥は店の仕事に没頭することで自分を律しながら、別れの辛さになんとか耐えた。そしてふと、今までの恋との違いに気がついた。

星矢との恋では、計算違いをして何か大切なものを失っただろうかと考えると、失ったものは特にないのだ。今の自分にとって最も大切な『trad』は、今日もそこそこ順調に回っている。ただ星矢が現れる前の暮らしに戻っただけだ。

そう考えると、もしかしたら遺伝子が脳に働きかけてこの恋を終わらせたのかもしれないと思うようになった。大切な何かを失う前に、遺伝子が自分を守ったのだ。この恋は終わらせて正解だったんだ。飛鳥はそう自分に言い聞かせた。

6

飛鳥が別れを無理矢理に肯定していた頃、星矢は次の職場を探す気力が湧かないまま、毎日のように『寂しい熱帯魚』で魚住の手伝いをしては、VIPルームで熱帯魚を眺めながらビールを飲むという時間を過ごしていた。別れてから三カ月。外は少しずつ秋めいて、街にはハロウィンのカボチャの飾りがあちらこちらに見られるように季節は様変わりしたが、星矢の失恋の傷はまだ癒えそうにない。

あの別れのとき、星矢にも言いたいことはあった。あの日、飛鳥に黙って元カノとは会ったが、やましいことは一つもなかった。「話があるから会ってほしい」とメールが来たから仕方なく会ったら、「今の彼と喧嘩しちゃった……」と泣かれただけだ。はねのけることはできなかったが、たとえば背中に手を回したりなんかも、絶対にしていない。浮気なんて断じてない。

それでも傷つけてしまった。大好きな人の笑顔を奪うようなことはしない。そう決めていたのに、あんな風に泣かせてしまった。あの涙の前では、どんな言い訳も意味を持たない気がした。望まれた通り、去るしかなかった。

「やっぱ俺、全然分かってないのかな。優しさ、間違えてたのかな」

熱帯魚に話しかけると、突然、幼い女の子が駆けて入ってきた。

水槽に駆け寄り、「すごーい！」と目をまん丸くしている。

「すごいね、綺麗だね」

星矢が話しかけると、女の子は振り向いて「これ欲しい！」と目を輝かせた。

「のんちゃん、勝手に入って行ったらダメでしょ」

女の子の母親が後から追って入ってきた。

「これ、おうちに欲しい」

「ダメよ」

「欲しい、欲しい！」

「ダメ！　おうちで飼うの大変なんだから」

母子のやり取りが昔の自分に重なり、星矢は二人の会話に割って入った。

「……あの、家は近くですか？」

「はい、すぐそこに引っ越してきたんです」

星矢は嬉《うれ》しくなった。だったら答えは簡単だ。星矢は女の子に教えてあげた。

「だったら、毎日ここに見に来ればいいよ、のんちゃん！」

「来る！　のんちゃん、ちーちゃんと来る！」

女の子は目を輝かせて、飛び跳ねた。

「ちーちゃんと？」

星矢が聞き返すと、女の子の母親が照れ臭そうに頭を掻《か》いて会釈した。

「すいません、ちーちゃんです……」

「あ。どうも。星矢です」

そうして出会った母娘とは、それから本当に毎日のようにこの熱帯魚バーで顔を合わせるようになった。のんちゃんの遊び相手をしたり、ちーさんと世間話をしたりするようになった。

「どうぞ」

「ありがとう」

「乾杯」

「乾杯」

熱帯魚を眺めながら、ときどき一緒にビールを飲むようにもなった。いろいろ話すうちに、ちーさんがシングルマザーだと分かった。そういえば初めて会ったとき、ちーさんのことを自分の母親となんとなく似ていると思った。そんなこと伝えたら失礼になるかなと言葉を飲み込んだとき、のんちゃんが悪戯《いたずら》をした。

星矢とちーさんの手をつながせて、

「あたしがいいっていうまで放しちゃダメ！」と言ったのだ。

「ちょっと、のんちゃん」

慌ててちーさんはたしなめたが、のんちゃんは引かなかった。

子供って面白いな、と星矢は思った。そしてそれ以上にのんちゃんの気持ちが痛いほど分かった。自分も幼い頃はそうだった。父親というものに憧れて、大人の男の人が遊んでくれると父親と遊べているみたいで嬉しくなった。

「のんちゃん、今度、一緒に遊ぶ？　公園とか、行ってみる？」

「遊ぶ！」

のんちゃんが星矢に抱き着いた。ちーさんは少し申し訳なさそうだ。

「いいんですか？」

「それ、こっちです。僕が誘ったんで。公園、一緒に行ってもらっていいですか？」

「……お願いします」

ちーさんはぺこりと頭を下げた。のんちゃんも同じようにぺこりとした。

星矢はなんとなく、この母娘のそばにいたくなった。

*

秋晴れの穏やかな日が続いているのに、飛鳥はまだ、澄んだ空を見上げる気分にはなれていない。今でも毎日、「あの恋は遺伝子が私を守るために終わらせたんだ。終わらせて正解だったんだ」と呪文のように自分に言い聞かせている。

淡井との恋が終わったときは一晩中泣き通したが、翌朝には、ある意味、前向きに『ラブ×ドック』で恋愛診断を受けていたし、ひと月もたてば憑《つ》き物が落ちたように淡井への熱は冷めていった。野村との恋では、右ストレートを突き出した瞬間に恋愛感情なんてものはきれいさっぱり消えてなくなり、千種と絶交に陥ったことのほうを引きずっている。

今回の恋では何も失わなかったのだから、すぐに立ち直れるはずなのだが、星矢がいない寂しさは薄れるどころか日を追うごとに増している。

飛鳥はここのところ、スマホを出してはしまう、という動作を繰り返している。星矢に電話をかけたくなるが勇気が出なくて仕舞う。星矢からの着信を期待してスマホを見るが履歴がないので仕舞う。そんな繰り返しだ。自分から別れようと言っておいて、やっぱり元に戻りたいなんて勝手すぎるだろうか。いや、勝手でもぶつかってみようか、そんな思考も何十回と繰り返している。

今日のように仕事に忙殺されない定休日は特に辛い。時間をもてあますとすぐに未練がましくスマホに手が伸びるので、この際、衣替えでもしようと思いついた。

クローゼットをひっくり返し、春夏物から秋冬物へと入れ替える。春物の服を整理しはじめると、星矢との初デートで着た白のブラウスワンピが出て来た。まずい、あっという間に感傷に浸りそうになる。慌ててケースに仕舞い込み、次へと手を伸ばしたら、あの赤いジャージが出て来てしまった。星矢と別れてから、もちろん一度も着ていない。クローゼットの奥に突っ込んで見ないようにしていたものだ。

捨てよう。こんなダサいもの。もともと好きじゃなかったし！

そう決めてゴミ箱に投げ捨てようとしたとき、飛鳥は思わず裏腹の行動をとっていた。

赤いジャージを抱きしめたのだ。涙が出てきた。涙は嗚咽《おえつ》に変わっていった。

泣いて、泣いて、気がついた。

今回の恋でも、大切なものを失っていたということに。

大切なもの、それは、星矢そのものだ。

それまでの恋とは違う幸せをくれた大切な人。もうあんな人は自分には現れないだろう。それなのに好きなあまり臆病になり、星矢の言い分を聞きもしないで自分から捨ててしまった。手放してはいけなかったのに。バカだ、自分は大バカだ。

この赤いジャージを初めて着た日はダサすぎてドン引きしたのに、今となってはこのダサいジャージこそが幸せの象徴であったかのように感じられる。

飛鳥は勇気を出して、星矢に電話をかけた。

しかし星矢が電話に出ることはなく、折り返しかかってくることもなかった。

＊

季節は巡り、もうすぐ春だ。星矢は今、ようやく新たな職場で働き始めている。オーガニックのスイーツ専門店で、ここでは卵や小麦を使わないスイーツも提供している。

『寂しい熱帯魚』で出会ったちーさんとのんちゃんと親しくさせてもらっているうちに、現代の子供たちにアレルギーが多いことを知り、アレルギー体質の子供でも安心して美味しく食べられるスイーツを作りたいと思うようになった。それで新しい職場を決めたのだった。

「うまっ！　こんどはこいつらにもな」

星矢の作った新作ケーキを頬張りながら魚住が言う。

「いらないでしょ、熱帯魚には」

「だよな。ていうか、星矢。悪かったな、……ポチャンッてさ」

「ポチャン？」

「あれだよ、スマホ……」

「いいですって。まだ気にしてんすか。半年も前のことじゃないですか」

「だって、あれだろ。それでうちの手伝いに懲りて、パティシエに戻ったんだろ」

「違いますよ、ぜんっぜん違います」

半年ほど前、水槽の掃除を手伝いながら、星矢のスマホが熱帯魚の水槽にポチャンと水没したことがあった。それを魚住は今でも、失業中の若者の大切なツールを台無しにした、と申し訳なく思っているのだ。その水没事件の直後から星矢が職探しを始めたもんだから、なおさら気になっていたという。

「だから全然違いますから。もうほら、復活してるし！」

星矢が新たなスマホを見せると魚住は納得して、こんなことも聞いてきた。

「お前さ、あの母娘とどうなってんの」

「一緒に遊んだり、保育園の父親が出るようなイベントに出たりしてます」

「あの母娘を支えてんのか、すげーな」

「そんなことないです。俺、どっちかというと、誰かを支えてるときが幸せを感じるっていうか……」

「へぇ。あの母娘からお前も幸せをもらってるってわけか、いいねぇ！」

魚住はケーキを一つ食べ終え、二つ目に手を伸ばしている。

その通りだ、と星矢は思った。自分があの母娘を支えているつもりだったが、実は自分のほうが支えられていた。飛鳥と別れてから何に対してもやる気が湧かず、だらだらと過ごしていた自分を変えてくれた。一緒に過ごして癒されたから新しい職場を探す気になっていった。そして本当に作りたいスイーツも見つけられた。

自分でも気がつかないうちに、二人が見せてくれる笑顔が、こんなにもかけがえのないものになっていたことに驚いてしまう。

出会ってまだ一年にも満たないが、星矢はこの想《おも》いを伝えることにした。

久しぶりの定休日、ちーさんとのんちゃんと三人で遊んだ帰り道で、夕焼けに包まれてのんちゃんをおんぶし、ちーさんの隣を歩いていたら、どうしても伝えたくなったのだ。

「あの、のんちゃんの……父親にならせてもらえませんか」

「え？　あぁ……。一日二人でどこか行くとか？　あ、全然それ、お願いします」

「違います」

「はい？」

「のんちゃんの父親。本当の父親に、ならせてください」

「え？　あの、え？」

「人を支えてあげているつもりでも、気づくと自分がその人に支えられていたんです。だから……、一緒にいてください」

ちーさんは驚いたのか、肩から鞄《かばん》を落とした。

「え？　あの、えっと、まぁ落ち着いて」

「落ち着いてます、僕は。よく考えて決めたことなんで」

「……そうですか。じゃあ、私も、よく考えます」

ちーさんは一つ深呼吸したあとに、少し困り顔で、けれど嬉しそうに言った。

*

「もうジンジャー黒糖は作らないから」

飛鳥がそう権田と美咲に伝えたのは、『trad』開店二周年の記念日だった。

星矢のことは諦めなければいけない。頭ではそう分かっているのに、ジンジャー黒糖パウンドケーキを作っていると、ここで五ミリ床から浮いていた日々をどうしても思い出してしまう。そして、思い出すたびに辛くなるからだ。

「どうしてですか。こんなに売り上げもいい感じなのに」

「止《や》めないほうがいいですよ」

権田も美咲も反対したが、飛鳥の決意は揺るがなかった。

「もう決めたから。辞めた人のアイデアに頼らずに新商品をまた考えようって」

あれから約半年。飛鳥の心は相変わらず晴れていない。世の中は桜満開の季節となり、お祝いごとが重なるこの時期、ジンジャー黒糖パウンドケーキの問い合わせが沢山くる。本来なら嬉しい悲鳴のはずなのだが、製造をやめた今となってはただのストレスでしかない。

「飛鳥さーん」

「何？」

「ジンジャー黒糖、また問い合わせが来てるんですけど」

「だから。もうジンジャー黒糖は作らないって言って！」

「……はぁい」

美咲が少し口を尖《とが》らせ、納得いかなそうに店のほうへ戻っていった。

そんなやりとりを見ていた権田がホイップを混ぜながら寄ってきた。

「あの、いろんな理由があるのかもしれないですけど、お客さんが望むなら……」

「作らないって決めたの！　店から消えた人が考えた商品売るほど落ちぶれてないの！　知った口利かないで！」

途中で遮り、ヒステリックに言ってしまった。権田は少し萎縮しながら、やはり納得のいかない様子で元の位置に戻ってホイップを混ぜ続けた。

その日の閉店後、美咲も権田も帰った後の厨房で、飛鳥は一人で頭を抱えていた。最近の自分は最悪だ。いつもイラついてピリピリしている。こんなオーナーは最低だ。こんなんじゃ大切な仲間たちも去っていってしまうだろう。

「今のお前、嫌いっ！」

タブレットの黒い画面に鏡のように映っていた自分自身に言い放った。

そして机に頭を突っ伏した。

「誰か助けて……今の私を変えて……！」

すると、通用口がカチャリと開いた。誰か、来た？

顔を上げた飛鳥は、目の前に起きた出来事を信じられず息を飲んだ。飛鳥がいちばん会いたかった人がそこに立っていた。星矢が九カ月ぶりに戻ってきたのだ。

「うわっ。びっくりした。星矢！」

「久しぶりです……」

「久しぶり。どうした？」

驚いた。本当に誰かが助けてくれたのかと思った。星矢のことは忘れよう、吹っ切ろうと決めたけど、心のどこかでずっと待っていた。

飛鳥さん、俺、戻ってきてもいいかな。そんな風に言ってくれたら、去年の夏の私の態度を平謝りして星矢の胸に飛び込みたい。

目の前の星矢は、なにを躊躇しているのか、なかなか話を切り出さない。

「………」

「ん？　どした？」

飛鳥が期待も込めて星矢を促すと、星矢が心を決めたように飛鳥を見た。

しかしその後に発せられた言葉は、飛鳥の期待を外れるどころか、想定を遥《はる》かに超えたものだった。

「……結婚したい人ができたんです」

「え……」

「その人は……飛鳥さんが知ってる人で……」

「え！　私の知ってる人？」

「はい……」

「だ、誰……？」

「……細井……千種さん」

その名前を聞いたとたん、頭をハンマーで叩かれたような衝撃が走った。星矢の口から千種の名前が出てくるなんて誰が予想できただろうか。

細井千種。それは飛鳥が最も良く知っている名前であり、最もこのタイミングで聞いてはいけない名前であった。ていうか千種と星矢って知り合いだったの？　いつから？どこで？　どんなふうに？

頭のなかでいろいろな記憶がとっちらかり、どこをどう繋《つな》げたら辻褄《つじつま》が合うのか分からない。みるみる頭の中が真っ白になる。どこからどう聞けばいいのか、どんな顔でいたらいいのか分からない。

「あそこで会ったんです。熱帯魚のお店で。たまたま」

「へぇ。そう　痛っ！」

動揺を隠して言ったつもりが、器具に膝をぶつけてしまった。

「あ、いや。べつにあの、動揺してるとかそういうんじゃ、全然ないから、痛っ！」

違う器具に今度は手をぶつけてしまった。ダメだ、完全に動揺している。どうしよう、声も上ずって震えてきた。星矢が心配そうに申し訳なさそうに自分を見ている。その眼《まな》差《ざ》しがいたたまれない。

「で、何？　それをわざわざ言いに来てくれたんだ」

「自分の口から言いたくて」

「千種は知ってるの？　私のところに来てること」

「言ってないです」

「あ、そうなんだ。わざわざありがとう。あ、私のことは心配しなくていいから。もうほら、私さぁ、仕事が絶好調だからさぁ、もう昔のこととか、ほんと、ほんっとどうでもいいんだよね！　あの、だからさ、嘘偽りなく心から言える。おめでとう星矢！　そっか、おめでとう、おめでとう！」

　こちらが一世一代の作り笑顔をしているというのに、星矢はこちらに合わせて明るく振る舞うなど全くせず、申し訳なさそうな心配そうな眼差しのままだ。早くこの話を済ませたい。作り笑顔も限界で、もうすぐ涙がこぼれてしまう。

「飛鳥さん……」

「ほら、めでたい報告が終わったら、さっさと千種のところに帰んなさいよ」

「………」

「もう、早く帰んなさいよ！」

　ついに怒鳴るように言ってしまった。

　星矢はそれ以上、何も言わずに帰っていった。おそらく千種のもとに。

＊

　星矢が飛鳥のもとを久しぶりに訪れたその日、千種は夕食のポトフを作りながら考えていた。

　星矢が飛鳥の恋人だったと千種が知ったのは、先週のことだ。その時もちょうど今と同じように夕食を作っていた。リビングでは夕食の出来上がりを待ちながら能子が星矢の膝に座り、デジカメで撮りためた写真を観ていたようだった。それで、昔の写真のなかに飛鳥を見つけたらしい。

「飛鳥さん……？」

「うん、ちーちゃんの友だち！」

　そんな会話がリビングから聞こえてドキリとした。まさか星矢が飛鳥を知っているなんて驚いた。同じパティシエという職種だから間接的に知っているのかもしれないと、パスタを茹《ゆ》でながら「飛鳥、知り合い？」と聞いた。

「知り合いっていうか……」

　星矢はしばらく黙って、「あとで話すね」と言った。

　あとで話す。まさかとは思いながらも、それでおおよそ察しがついてしまった。それにしてもそんな偶然があるのかと、運命のいたずらを呪いたくもなったけれど。

　三人でパスタを食べ、能子を寝付かせた後、星矢は約束通り話してくれた。

　星矢が『trad』という飛鳥の店に飛び込みで面接を受けたこと、ジンジャーパウンドケーキに黒糖を加えるアイデアを出したこと、別れる原因になった元カノとの誤解について。包み隠さず話してくれたのは星矢の誠意だと思う。しかしそれから一週間、千種はどうしようもなく悩んでいる。

能子と星矢と幸せになりたい。けれどその一方で、今ごろ飛鳥がどうしているかが目に浮かぶ。飛鳥はおそらく星矢を忘れていないだろう。飛鳥にとって星矢との恋はそれまでとは違う特別なものだったはずだ。別れてから、どんなに後悔し、悩んで涙してきたことだろう。飛鳥の辛さが手に取るように分かってしまう。なぜなら飛鳥とは、二十年来の親友だから。

私はどうしたいのだろう。どうすべきなのだろう。

そんなことを考えていたら、煮込んでいたポトフが吹きこぼれた。

「ちーちゃん！　おなべ！」

「あ、ごめん、ごめん」

こぼれたスープを拭いていると、星矢が帰ってきた。

「おかえり！　星矢！」

能子がジャンプして星矢に思いきり抱き着いた。能子は星矢が大好きだ。

7

星矢から衝撃の知らせを受けてから、飛鳥は少しだけ体調を崩したが、それでも店だけは休まずに、パウンドケーキを作り続けている。

ジンジャー黒糖パウンドケーキの問い合わせはまだちらほら来るが、権田も美咲もいろいろと気づいているようで、作りましょうとは言わなくなった。

むしろ最近の飛鳥はイライラよりも、覇気がなくぼんやりすることが多いようで、二人とも心配そうに飛鳥の様子を見守っている。飛鳥がため息を一つつくたびに、「飛鳥さーん、ため息つくと幸せが逃げていっちゃいますよー」と美咲が甘ったるい声で注意してくれるし、権田にいたっては亀ハメ覇大王を幾度となく勧めてくる。疲れた時にいいですよ、と。

そんなふうに優しくされるのが申し訳ないくらい、実は飛鳥は心のなかで嫌なことばかり考えていた。千種は私に仕返しをしようと思ったんじゃないか。私への仕返しで、わざと星矢の家の近くに越して星矢を狙ったんじゃないか――。

そんな思いがよぎっては消え、消えてはよぎっていた。

そんなある日の夕方、意外な客が店に来た。あの肉食トラ男、野村俊介である。閉店時間をすぎて、美咲も権田も帰った後。飛鳥が店のショーケースのところで明日の予約注文を確認していると、店のドアがノックされ、あの野村が少しバツが悪そうに入ってきたのだ。

「どうも……ご無沙汰してます」

「……何？」

飛鳥は妙に身構えて言った。あれから三年近くも経ち、いったい何の用事で私のところに？　謝りに？　喧嘩を売りに？　飛鳥が今度こそ右ストレートをお見舞いしようかと手首を回し始めると、野村は口を開いた。

「あの……どうしようもない俺だけど、彼女ができました」

「は！」

なんなんだ、幸せ自慢しに来たんかい！

「……で？　お祝いしろって？」

「実は彼女がウェディングプランナーやってて」

「だから？」

「彼女が担当してるのが……千種さんだったんですよ」

「いやもちろん、千種さん、知らないですよ。自分の担当をしているのが俺の彼女だってことは」

「は⁉」

「……千種、結婚するのは……聞いてたけど」

「今日、キャンセルが入って、結婚止めたって……」

「え……」

飛鳥はしばらく、ぼんやりと立ち尽くしてしまった。

なぜ？　千種と星矢の間にいったい何が起きたというのだろう……。

「……なんで私にそんなこと言いにきたの」

「いや、俺が二人を傷つけちゃったから……」

千種の結婚が破談……。何も返せずに呆然《ぼうぜん》としている飛鳥に、野村は続けた。

「千種さん、ずっと前に言ってました。私はブログでは本音しか書かない。たとえ親友がケーキを作っても、美味しいと思わなかったら書かない。もし飛鳥が店を開いても、その店のケーキが美味しくなかったら美味しくないって言う。なぜなら、親友だからって。千種さんは飛鳥さんが幸せになることを望んでるんじゃないですか。飛鳥さんは今、千種さんのどんな顔が見たいですか？」

それだけ言って、野村は店を出て行った。

その後、飛鳥は厨房へ行き、しゃがみ込んで考えた。

千種は星矢と結婚したいはずだ。能子ちゃんも星矢になついているだろうし、星矢が能子ちゃんの父親になれば、きっと幸せな家庭になる。だけど千種は、私と星矢が付き合っていたことを知ったのだ。そして悩みに悩んだのだろう。そうしてあろうことか、私のために、身を引いたのだ。

「飛鳥のところへ行ってあげてよ。今からでも星矢が行けば、きっと飛鳥は喜んで受け入れるよ。私は大丈夫、私にはこの子がいるからさ」

千種はそんなふうに星矢に言ったのだろう。そんな千種の姿が目に浮かぶ。千種の強がりが手にとるように分かってしまう。なぜなら千種とは、二十年来の親友だから。

私はバカだ。大バカだ。最低で、格好悪い。千種は仕返しで星矢に近づくような人間じゃない。そんなこと分かっていたはずなのに、嫌なことばかり考えた。

さっき野村が、去り際に言ったことを思い出した。

「飛鳥さんは今、千種さんのどんな顔が見たいですか？」

私は今、どうしたらいいのだろう。何をすべきなんだろう。

千種の笑顔を見るために。

　飛鳥がしゃがみ込んだまま頭を抱えていると、さっき帰ったはずの権田が通用口から戻ってきた。

「すみません、俺、携帯忘れちゃって。あぁ、ここにあった」

「どうしたらいいのかなぁ、私は……」

　権田のことなど気に留めずに、頭を抱えたまま、ため息混じりに呟《つぶや》いた。

　権田は携帯を鞄に入れながら、飛鳥の悩みを知ってか知らずか思ったままを口にした。それはとてもシンプルなものだった。

「パティシエにできることは、ケーキ作ることしかないいんじゃないっすか」

「……ケーキを作ること……」

「それしかないいんじゃないですか」

　その一言で光がさした。そしてその光が、濃い霧の中をさまよい前も後ろも見えなくなっていた飛鳥に進むべき道を示した。そうだ、それしかない！

　飛鳥はすっくと立ちあがり、帰ろうとしている権田にずんずんと歩み寄った。

「え？　え？　どうしたんすか？」

　飛鳥は権田の頭をひっぱたいた。

「痛い！　え？」

「だよな」

「え、はい」

「そうだよな」

「はい」

もう一度ひっぱたいた。

「痛いっす、痛いっす、飛鳥さん」

嬉しくて、有難くて。可愛さあまってひっぱたいた。権田は訳が分からずされるがままだが、飛鳥の気持ちが伝わるようで嬉しそうにニヤけている。飛鳥は権田の頭をくしゃくしゃっと、かき混ぜて言った。

「もう、いいこと言うじゃん、ゴンちゃん！」

「はい！」

「ゴンちゃん、手伝って」

「何を？」

「今からケーキ、作るから！」

「え？」

きょとんとしている権田をよそに、飛鳥は手を洗い、器具を取り出す。

一人で作りはじめていると、権田が鞄を置いて腕まくりをし、嬉しそうに飛鳥の隣に加わった。

「よーし、手伝うぞー！　あ、何のケーキ作ります？」

「もちろん、ジンジャー黒糖レモンパウンドケーキ！」

バター、砂糖、卵、小麦粉の入ったボウルの中にジンジャーを入れ、レモンを削って、かき混ぜる。

飛鳥は作りながら、千種とのいろんな出来事を思い出していた。

大学入学の初日に千種を見かけ、友達になりそうだと直感したこと。

一緒にテニスサークルを断って、同じ劇団に入ったこと。

幸せ橋のたもとの広場で、台本を片手に二人で演技の練習をしたこと。

専門学校に入り直してパティシエを目指すと言ったときに、応援してくれたこと。

いつか自分の店を持つ夢を、飛鳥ならできると信じてくれたこと。

不倫して仕事を失ったとき、今こそ自分の店を持つべきだと言ってくれたこと。

そして駆けずり回って、応援してくれたこと。

飛鳥にとって千種は誇りだ。あんなに素敵な親友は他にはいない。

だから、心を込めて作ろう。千種の幸せを祈りながら。

オーブンから、レモンとジンジャーと黒糖のいい匂いがしてきた。

ふっくらと焼きあがっている。焼き加減は完璧だ。

あとは仕上げのレモンを載せるだけ。蜜につけたスライスレモンを一枚一枚丁寧に載せていく。ついに、ずっと作りたかったジンジャー黒糖レモンパウンドケーキが完成した。

「できた！」

「できましたね！」

これを千種と星矢に渡そう。そして……。

二人を呼び出そうといざスマホを手にして、ふと飛鳥は不安になった。

はたして受け取ってもらえるだろうか。いざとなるとスマホを持つ手が緊張する。三年ぶりに何を話せばいいのだろう。「久しぶり」とか？　「あのときはゴメン」とか？

「私ってば計算違いの恋ばかりしてバカだよねー、ハハハハー！」とか？

ああでもないこうでもない、むしろメールにするべきかと飛鳥が考えている傍らで、権田は気楽なもので一仕事終えたとテレビをつけてぼけっと見ている。

「詐欺《さぎ》かー。引っかかる奴《やつ》バカだなー」

いいよな、お気楽にニュースなんか見て。テレビ画面をチラ見して、そのニュースに飛鳥は釘付《くぎづ》けになった。そこにはなんと、あの『ラブ×ドック』の院長、冬木玲子が、詐欺事件の容疑者として映っていたのだ。

「ええ？　冬木⁉」

白衣の上に高級そうな毛皮のコートをはおった玲子が、警察署に連行されていくさまが映され、ニュースキャスターの声が重なる。

「都内でクリニックを経営する女性医師が、詐欺容疑で逮捕されました。逮捕されたのは恋愛クリニックを経営している医師、冬木玲子容疑者。調べによると冬木容疑者は『ラブ×ドック』という名前のクリニックを経営し、今年四月までの七年間に、遺伝子から恋愛体質を分析できると嘘の診断を繰り返したとして、詐欺の疑いが持たれています。調べに対し、冬木容疑者は、医学的、科学的な根拠があるなどと供述したうえで容疑を否認しています」

テレビにかじりついてじっくり見ると、冬木は連行されながらも高いヒールでしゃなりしゃなりと歩いている。「何が恋する遺伝子だよっ！」と野次が飛んできているが我関せずだ。そしてテロップに「冬木玲子　三十五歳」と出た。

「えーーー！　ロクゴーじゃなくて？　サンゴー⁉」

だったら見たまんま！　あたし当てたし！

「ん？……あれ……？」

飛鳥はもう一つ、画面のなかにどうも気にかかるものを見つけた。冬木を連行している刑事が、見覚えのある完璧な七三分けの髪型をしている。誰だっけ、見たことある……。この見事な七三分け、たしか……。

「あーーーーーッ！　あの時のあの人！」

冬木を逮捕したのは、卓球バーでピンクのカクテルを飲んでいた石原であった。飛鳥は同時に思い出した。石原とはその前にもやはり会ったことがある。初めて飛鳥が『ラブ×ドック』を訪れて、キレて飛び出してきたときにぶつかった、あの男だ。刑事だったんだ……。あのときから『ラブ×ドック』をマークしてたのか……。だったら教えてくれりゃいいのに、ここ詐欺ですよ、と。

呆然とテレビの冬木を眺めていると、そんな飛鳥に気づいたかのように警察署に入る手前で冬木が振り返り、カメラ目線で不敵な笑みを送ってきた。

「詐欺？　え、詐欺って何？　じゃあ何？　私の診断、何だったの？　あの注射は？あれ効いたと思ったんだけど。あれ結局、二十五万払ったんだけど！」

もはや笑いがこみ上げる。飛鳥は腹を抱えて笑い出した。

「遺伝子って何？　遺伝子で分かるわけないよな。『ラブ×ドック』なめんなよって？お前がなめんなよ、冬木、コノヤロー、シャー、コノヤロー！」

そんな飛鳥を目の当たりにし、権田は「あれ、壊れちゃった……」と、取り扱い注意の危険物から逃げるように抜き足差し足で、そうっと一人、帰ろうとしている。

「あーーーーッ！」

飛鳥の叫び声に権田がびくっと立ち止まり、恐る恐る飛鳥のほうを振り返った。

「じゃああれなに？　あの箱の中身って何なの？」

飛鳥は絶対に開けないつもりで保管していたあの小箱を、慌てて金庫の奥から出した。

小箱を開けると、メッセージカードが入っていた。

＊

誰だって老ける
誰だっていつかは死ぬ
だったらたくさん恋したもの勝ち！

＊

メッセージカードの下にも、何か入っている。亀ハメ覇大王ドリンクだ！　権田が覗きこんで「あ、亀ハメ覇大王！」と嬉しそうな顔をした。飛鳥はようやく権田の期待に応えて、亀ハメ覇大王を一気飲みした。

「来たーーーーーッ！」

飛鳥のなかで、さっきの不安が吹っ飛んだ。千種も星矢もきっと来てくれる。そしてこのパウンドケーキで、きっと幸せな笑顔になってくれる。飛鳥は最後の最後に『ラブ×ドック』に背中を押され、店を出た。

「ウォーーーーーッ！」

雄たけびを上げながら全速力で自転車を漕《こ》いでいく。全力で漕いだら曲がり角で曲がりきれずに転んでしまった。膝を打ってめちゃくちゃ痛い。自転車のチェーンが外れた。こうなったら走っていくしかない。飛鳥は全力疾走した。

三十代後半から、計算違いの恋をしては大切なものを失ってきた。それでも懲りずにまた恋をして、臆病になって。もう四十一歳だというのに、まだ幸せを掴みきれずにいる。そして今、恋のために全速力で走っている。格好悪い？　いやむしろ、四十を超えて恋でボロボロになれるなんて羨ましいだろ！

冬木の言う通り誰だっていつかは死ぬ、だったら失敗しても傷ついてもいい。思い切り恋をすればいい。だから今夜は全力で、最高の失恋をしに行こう。

三年ぶりに訪れた幸せ橋は、三年前となんら変わっていないように見える。幸せになりたい鐘の方へ行くと、星矢だけがそこにいた。

千種の姿が見当たらない。「話があるから幸せ橋に来てほしい」と電話で言ったら、

「分かった……」と言ってくれたが、やはり来てはくれないのだろうか。

「飛鳥さん……」

「来てくれて良かった。伝えたいことがあるの」

「俺に？」

「……本当は星矢と千種に……あったんだけど……」

すると「飛鳥！」と橋のたもとの広場の方から声が聞こえた。飛鳥と星矢は欄干から広場を見下ろし、すぐ下にいた千種を見つけた。

「千種、橋の上だよ、こっちだから！」

「分かってる……分かってるけど。そっちに行く勇気がなくて……」

「千種、来てくれてありがとう。ごめんね、星矢もここに呼んだこと言わないで。二人に言いたいことがあるの」

千種も星矢も、少し気まずそうに不安そうに飛鳥のことを見つめている。

「あのね、はっきり言うね。千種、ごめん！　私はまだ星矢が好き。毎日スマホを見て、星矢からの電話を期待してた。こないだ星矢が現れたときも、もしかしたらやり直そうって言ってくれるかって期待した。でもさ、千種と付き合ってるって言われてさ……。それ言われてショックだったよ。私が千種の好きな人を取ったから、仕返ししたんじゃないかって疑う自分がいた……」

涙がこぼれてきたが、拭わずに飛鳥は続けた。

「野村さんから、千種が結婚諦めるって聞いて、私ね、正直ほっとしたの。でもね、その気持ちよりもね、もっと、ずっと、悲しくなってる自分がいた。千種が星矢との幸せを諦めるなんて悲しい。その思いの方が大きかった。星矢のこと好きだっていう気持ちより、千種に笑ってほしいって気持ちのほうが大きいんだ」

涙だけでなく鼻水まで出て来たが、とにかく気持ちを全部伝えたい。

「私も四十代になって、もうちょっと格好いい女になりたいよ。人の幸せを心から全力で祝える、そんな女になりたいよ。だから……。星矢！　千種を幸せにしてあげてください！　お願いします！」

飛鳥は星矢に頭を下げた。

そんな飛鳥をみていた千種の頬も、涙ですっかり濡れている。

飛鳥はケーキの箱を差し出して、二人に見せた。

「これ、二人のために作ったケーキ。ジンジャーケーキに、黒糖とレモン。千種が提案してくれたレモンに、星矢の黒糖。一緒に混ぜて作ったケーキ!」

千種も星矢も、そのケーキがどんな意味を込められたものかすぐに分かった。

「私のなかに残ってる格好悪い私を、葬ってください!」

「……ありがとうございます!」

飛鳥が星矢に差し出すと、千種が見守るなか、星矢がケーキを受け取った。そしてなんと星矢は、助走をつけて橋の欄干を飛び越えた!

「星矢!」

そう声を上げたのは千種だった。

星矢は広場にいる千種のもとへと飛び降り、しっかりと着地した。そしてケーキの箱を開けて千種に見せた。二人揃って、ケーキを一かけら口に入れた。飛鳥はその光景を見ているだけで嬉しかった。ずっと作りたかったケーキだった。千種のアイデアのレモンと星矢が考えてくれた黒糖、二人が仲良く暮らしているレシピだ。

「やっぱ飛鳥、才能あるよ!」

「最高っす！」

千種も星矢も誉《ほ》めてくれた。本音しか言わない千種が誉めてくれたのだ、本当に美味しくできたのだろう。それだけで満足だ。

「星矢、言うことあるでしょ、千種に！」

星矢は飛鳥に頷《うなず》いて、千種に真正面から向き合った。そして広場中に聞こえるような大きな声で言った。

「千種さん、僕と結婚してください！」

「お願いします」

肝が据わっていて涙を見せるのが珍しい千種が、今夜は涙を我慢せずにこれでもかと溢《あふ》れさせている。そんな千種の涙を、星矢が拭ってあげている。

飛鳥は二人のおかげで、格好悪い自分を葬ることができた気がした。幸せになりたい鐘は健在だ。飛鳥は鐘のところへ行き、夜空に向かって叫んだ。

「悔しいよー！　でも、それ以上に、本気で言える！　二人が幸せになりますようにーーーー！　幸せに、なってくれーーーー！」

カラーンコローンという美しい鐘の音が、夜空に響きわたっていく。

今夜は東京の空にしては珍しく、見上げるとたくさんの星が顔を出して美しく瞬《またた》いている。輝く星にも祈りは届いていきそうだ。
二人はきっと幸せになる、そう信じながら飛鳥は大きく鐘を鳴らした。

処　方　せ　ん

患者	氏名	剛田飛鳥		様
	生年月日	明・大・(昭)・平 □年△月▽日	男・(女)	

保険医療機関の所在地及び名称

保険医氏名

㊞

交付年月日	平成◇年◇月◇日

処方

誰だって老ける

誰だっていつかは死ぬ

だったらたくさん恋したもの勝ち

備考

後発医薬品（ジェネリック医薬品）への変更が全て不可の場合、以下に署名又は記名・押印

保険医署名　㊞

調剤年月日	平成◇年◇月◇日

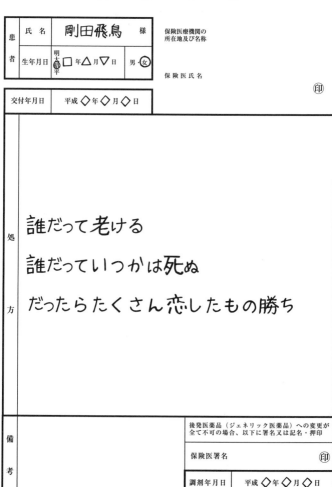

エピローグ【ジンジャー黒糖レモン】

幸せ橋で飛鳥が最高の失恋をしてから二カ月、木々の緑が風にそよぐ初夏の陽気のなかで、今日、千種と星矢は新たな門出を迎えている。あの夜の後で千種が式場に問い合わせたら、担当のウェディングプランナーはキャンセルの手続きをまだしていなかったらしい。だから当初の予定通りに結婚式を挙げられることになった。千種からそう聞いた飛鳥は、おそらく野村が「たぶん二人は戻ってくる。だからキャンセルは少し待っていてあげてほしい」と、彼女に言ってくれたのだろうと思ったが、そこまでは千種に伝えていない。

式の内容の大半は、能子の希望に沿って決めたらしい。バージンロードを能子も一緒に歩くことも、披露宴で色とりどりのバルーンを飛ばすのも能子のお気に入りのプランだという。そんななかで千種が唯一、自分の好みを譲らなかったのがお色直しだ。千種は四十一歳にして、ウェディングドレス、カラードレス、色打掛と、なんと三種類もの衣装を着るそうだ。

四十代の花嫁ともなると気恥ずかしさもあり、ウェディングドレス一着だけを着ると
いうのが一般的だろう。披露宴をせずに親族の食事会だけで済ませるカップルも多いと
聞く。そんな中で、三着も衣装を変える四十一歳はなかなかいない。飛鳥は千種からそ
の話を聞いたとき、大笑いして「欲張りすぎでしょ！」とツッコんだ。
「いいでしょ、欲張ったって。ずっと夢だったんだからさ」
千種は開き直って胸を張った。肝っ玉母さん風でいて、千種には乙女なところがある
のだ。そういえば劇団で芝居していたときも、そういう衣装を着るときはやたらと張り
切って演じてたたっけ。
飛鳥はそんな千種を見て、嬉《うれ》しくなった。
そうだ、いいのだ。
四十一歳で、ウェディングドレスを着る夢を叶《かな》えたんだから。
誰だって老ける。誰だっていつかは死ぬ。だから、めいっぱい欲張っていい。
「スピーチは、絶対に飛鳥にしてもらう予定だったんだけどなー」
「まぁ一応、新郎の元カノになっちゃうからまずいよね」
「だねー」
本来なら親友の飛鳥が新婦友人を代表してスピーチを仰せつかるところだが、いかん

せん新郎と付き合っていたという裏事情があるため、飛鳥も千種も、ここは常識にのっとった判断をしようと一致した。大学生の頃から、いつかお互いの結婚式でスピーチをしようねと話していた。どちらが泣かせるスピーチができるか勝負ね、などとも話していた。あの頃はまさかその機会が四十代まで来ないとは思っておらず、少なくとも三十代前半にはお役目は済んでいるつもりだったが。

列席は控える飛鳥だが、千種からの引き出物の注文は快く引き受けた。オーダーされたのはもちろん、ジンジャー黒糖レモンのパウンドケーキだ。ちなみにウェディングケーキは、星矢が腕によりをかけて作ったらしい。

そういうわけで、千種が晴れの日を迎えている今日、飛鳥はいつもと変わらずに、巣鴨地蔵通り商店街の一角にある『trad』で、せっせとパウンドケーキを焼いている。もうすぐ焼きあがるジンジャー黒糖レモンの香りが厨房に満ちてくる。その香りが心地よくて、すーっと鼻から息を吸い込んでうっとりとしていると、買い出しに出かけた権田が帰ってきた。

「ただいま戻りましたー」

「おかえり、ゴンちゃん」

コンビニに立ち寄ったらしく、レジ袋から亀ハメ覇大王と今日発売の週刊誌が透けてみえる。権田が袋から取り出した週刊誌の表紙に「冬木玲子、魔性の詐欺師《さぎし》！」と見出しが躍っているのを飛鳥は見のがさなかった。

「あ、その週刊誌。ちょっと見せてよ」

「これ、あの時のニュースの。この詐欺師、すげー美人っすよねー」

権田が飛鳥の目の前にページを広げた。ニュースで見てから飛鳥は後日報道が気になっていた。実は、『ラブ×ドック』が詐欺容疑で検挙され様々なものが証拠資料として警察に押収されるなか、行き場をなくした金魚たちを『寂しい熱帯魚』が引き取ったと千種から聞いた。そのなかに高級金魚のランチュウの一種で幻の金魚がいたとかで、魚住も星矢も大はしゃぎしているという。

権田が「冬木玲子、魔性の詐欺師！」の記事を読み始めた。

「冬木玲子は、逮捕から二カ月経《た》った今も一貫して容疑を否認しており、『あの研究は詐欺ではなく真実だ』との姿勢を崩さずにいる。その一方で、『もし有罪になるとしてもミッキーは全くの無関係だ』とも主張しており、助手であり共同経営者にも名を連ねている桜木《さくらぎ》三木《みき》を何故《なぜ》そこまで庇《かば》うのか、冬木の美貌と相まって様々な憶測が飛び交っている。というのも冬木玲子には七回の結婚歴があり……」

「七回⁉　多すぎじゃない⁉」

「助手の桜木三木は、冬木の初婚のときの息子ではないかという説も浮上してきた」

「息子!? えー! 似てたっけ? 似てなかったけど?」

「あるいは八回目の夫になる予定の彼氏ではないかという説も根強くあり……」

「彼氏!? 彼氏か息子かー。って大違いじゃん、それ。なにこの雑誌、適当じゃないの? あれ? この人……」

飛鳥は週刊誌を奪い取り、ページの一角に小さく掲載されている写真をよく見た。それは冬木に差し入れをしている男性の隠し撮り写真であった。横顔だしピンボケしてるし、目の部分に黒い線が引かれているから全くもって定かではないが、どことなく卓球バーのバーテンの潮風トオルに似ている気がする……。

写真の下には、「五回目の元旦那が差し入れ」とある。

「え! 元ダンナ!? だからあんな恋愛ソング歌ってたのか……!」

週刊誌の記事だから眉唾の情報だとしても、さすが冬木、逮捕されてからもいろいろと驚かせてくれる女だ。それにしても結婚七回って。そこまで多いと恋多き女というよりも恋愛下手《べた》なんじゃないだろうか。そうか、恋愛下手だからこそ恋愛の研究に心血を注いできたのか。と、飛鳥は妙に納得がいった。

「飛鳥さん、それ俺が買ってきた雑誌なんだけどなー」

そういう権田をよそに、飛鳥がすっかり権田から週刊誌を奪い取ってふむふむと頷《うなず》きながら読み耽《ふけ》っていると、美咲が店のほうから厨房に顔を覗《のぞ》かせた。

「また問い合わせです。ジンジャー黒糖レモンパウンドケーキ、追加お願いします！」

そうだ、手を止めているヒマはない。

ここのところ、『trad』では、新作のジンジャー黒糖レモンパウンドケーキの大ブームが到来している。売り出してまだ二カ月だというのに評判が評判を呼び、焼きあがりの時間になると店の外まで行列ができる。千種がブログで紹介してくれたのも一因だろう。あのとき、『ズーアドベンチャーズカフェ』で夢見た光景がそのまま現実のものとなっている。

「もーうーすーぐーやーけーまーすー！」

という美咲の声も一日に何度か聞こえてくる。飛鳥の狙い通り、年齢層高めの女性にも受けているのだ。権田は買ってきたばかりの亀ハメ覇大王を飲んで、

「よーし、やるぞー！」

と手を洗い、ホイップを作り始めた。飛鳥も照りをつける作業に戻った。

「本当に結婚式、行かなくてよかったんですか」

権田がホイップを混ぜながら聞いてきた。

「うん。新婦の親友でもあるけど、新郎の元カノでもあるからね。気は遣うでしょ」

「そっか」

「それに、正直、百パーセント割りきれてるかというと、そうでない部分もあるからね」

「……随分、正直に言いますね」

権田がそんなこと言っちゃっていいんですかというように上目遣いで飛鳥を見た。いいのだ。もう格好つけることは止《や》めた。弱かったり、格好悪かったりする自分も、大切な自分なのだから。

「もう隠さない」

「格好いいっす」

権田にはそういえば格好悪いところを沢山見せてきてしまった。そしてその度に権田は、否定したりせずにさりげなく応援してくれた。

「ありがと！　ゴンちゃんのおかげもあるからね」

「そんなー、えー」

権田が照れてホイップを混ぜる。

「もしかして私のこと、好き？」

「そ、そ、そんなことないっすよ。ないっす！　えー、ないっす！」

飛鳥はほんの冗談で言ったのだが、権田はやたらと慌てふためき、いっそう激しくホイップをかき混ぜている。そして、ホイップが飛鳥の頬に飛んだ。

「……混ぜすぎだろ！」

「……か、かわいいっすよ」

「かわいくねーよ！」

飛鳥がツッコむと、「ちょっと、ゴンちゃーん……」と美咲の声だ。

振り返ると、店から厨房を覗いたらしい美咲の鼻にもホイップが飛んでいる。

「美咲ちゃん、かわいいよ」

「かーわーいーくーなーいー！」

飛鳥はこんな仲間たちと、ずっとこんな日が続けばいいなと心から思った。

三十六歳のあのとき、「ないないないない。これ、不倫だから！」と言って淡井を突っぱねていたら、不倫の恋で仕事を失うなんていうことはなかった。三十八歳のあのとき、「卓球のボールでキスとかありえないから！」と言って、野村に笑い転げていたら、一夜の過ちで親友と絶交なんていう経験をしなくてすんだ。そして四十歳のあのとき、星矢とも「十五歳も年の差あるからね、ない、ない！」と言って恋に発展しなければ、あんなに傷つくことも、惨めで格好悪い自分を知ることもなかった。

でも。やっぱり。恋をして良かったと思う。

ジンジャー黒糖レモンパウンドケーキ――。

このケーキは、ジンジャーの程よい苦みと、黒糖の渋めの甘味、レモンの酸っぱさが、混じり合っている。苦みと、甘みと、酸っぱさ。この味は三十五歳までの私だったらきっと出せていない。大切なものを失い、いろんな悲しみの味に気づけたから出せた味だ。だから思う。無駄な恋愛なんて一つもない、と。

人生には、無駄な恋も、無駄なこともない。どれもいつか美味《おい》しい味になっていくのだ。

店の外には、焼き上がりを待つ客の行列ができている。

木々の緑の隙間から本格的な夏の到来を思わせる日差しが漏れ、美咲が外で並んでいるお客さんに冷たいハーブティーを振る舞っている。

オーブンが鳴り、ジンジャー黒糖レモンパウンドケーキが焼きあがった。扉を開けると、ふっくらと完璧な出来上がりだ。

飛鳥はそこから試食用の一本をとり出し、一かけら摘《つま》んで口に入れた。

口のなかいっぱいに、幸せな味が広がった。

本書は、映画『ラブ×ドック』の脚本をもとに、
集英社文庫のために書き下ろされました。

集英社文庫　目録（日本文学）

森　瑤子　情事
森　瑤子　嫉妬
森見登美彦　宵山万華鏡
森村誠一　壁の目　新・文学賞殺人事件
森村誠一　終着駅
森村誠一　腐蝕花壇
森村誠一　山の屍
森村誠一　砂の碑銘
森村誠一　悪しき星座
森村誠一　黒い神《み》座《くら》
森村誠一　ガラスの恋人
森村誠一　社《しゃ》奴《ど》
森村誠一　勇者の証明
森村誠一　復讐の花期　君に白い羽根を返せ
森村誠一　凍土の狩人
森村誠一　悪の戴冠式
諸田玲子　月を吐く
諸田玲子　髭麻呂　王朝捕物控え
諸田玲子　恋縫
諸田玲子　おんな泉岳寺
諸田玲子　狸穴《まみあな》あいあい坂
諸田玲子　炎天の雪(上)(下)
諸田玲子　恋かたみ　狸穴あいあい坂
諸田玲子　四十八人目の忠臣
諸田玲子　心がわり　狸穴あいあい坂
八木原一恵・編訳　封神演義　前編
八木原一恵・編訳　封神演義　後編
矢口敦子　祈りの朝
矢口敦子　最後の手紙
矢口史靖　小説　ロボジー
薬丸　岳　友罪
八坂裕子　幸運の99%は話し方できまる！
安田依央　たぶらかし
安田依央　終活ファッションショー
柳澤桂子　愛をこめ　いのち見つめて
柳澤桂子　生命《いのち》の不思議
柳澤桂子　ヒトゲノムとあなた
柳澤桂子　すべてのいのちが愛《いと》おしい　生命科学者から孫へのメッセージ
柳澤桂子　永遠のなかに生きる
柳田国男　遠野物語
矢野　隆　蛇衆
矢野　隆　慶長風雲録
矢野　隆　斗《とう》棋《ぎ》
山内マリコ　パリ行ったことないの
山川方夫　夏の葬列
山川方夫　安南の王子
山口百恵　蒼い時
山崎宇子　ラブ×ドック

集英社文庫

ラブ×ドック

2018年4月25日　第1刷　　定価はカバーに表示してあります。

著　者　山﨑宇子《やまざきうこ》
発行者　村田登志江
発行所　株式会社　集英社
東京都千代田区一ツ橋2-5-10　〒101-8050
電話　【編集部】03-3230-6095
【読者係】03-3230-6080
【販売部】03-3230-6393（書店専用）
印　刷　中央精版印刷株式会社　株式会社美松堂
製　本　中央精版印刷株式会社

フォーマットデザイン　アリヤマデザインストア　　マークデザイン　居山浩二

ISBN978-4-08-745734-6 C0193